Benito Pérez Galdós

Episodios nacionales II
El equipaje del rey José

Barcelona **2024**
Linkgua-ediciones.com

Créditos

Título original: Episodios nacionales II. El equipaje del rey José.

© 2024, Red ediciones S.L.

e-mail: info@linkgua-ediciones.com

Diseño de cubierta: Michel Mallard.

ISBN tapa dura: 978-84-1126-359-7.
ISBN rústica: 978-84-9007-287-5.
ISBN ebook: 978-84-9007-249-3.

Sumario

Brevísima presentación

La obra

El equipaje del rey José es la primera novela de la segunda serie de los *Episodios Nacionales* de Benito Pérez Galdós.

El «equipaje del rey José» define irónicamente el botín que las tropas francesas robaron (obras de arte, joyas, muebles valiosos y, por supuesto, dinero) en su retirada de la Península ante el empuje de las guerrillas y el ejército mandado por Wellington, principalmente tras la batalla de Vitoria, uno de los últimos episodios de la Guerra de la Independencia.

En esta segunda serie de los *Episodios Nacionales* el protagonista es Salvador Monsalud, que toma el relevo de Gabriel de Araceli en la narración de los sucesos históricos y ficticios. Salvador es un afrancesado, detalle con el que Galdós demuestra su hábil ironía para plantear el relato. Siguiendo a Monsalud seguimos el convoy de los franceses en su huida, acosados por todos los flancos por los guerrilleros y tropas regulares. El «francés» abandonaba definitivamente España. La brava lucha de guerrilleros y soldados (ejércitos español y británico) había dado finalmente sus frutos.

I

El 17 de marzo de 1813 salieron de palacio algunos coches, seguidos de numerosa escolta, y bajando por Caballerizas a la puerta de San Vicente, tomaron el camino de la puerta de Hierro.

—Su Majestad intrusa va al Pardo —dijo don Lino Paniagua en uno de los corrillos que se formaron al pasar los carruajes y la tropa.

—Todavía no es el tiempo de la bellota, señores —repuso otro, que se preciaba de no abrir la boca sin regalar al mundo alguna frutecilla picante y sabrosa del árbol de su ingenio.

—Su Majestad se ha convencido de que no engordará en España, y por ese camino adelante no parará hasta Francia —indicó un tercero, hombre forzudo y ordinario que respondía al nombre de Mauro Requejo.

—¡A Francia! Todas las mañanas nos saluda la gente con el estribillo de que se marchan los franceses aburridos y cansados, y por las noches nos acostamos con la certidumbre de que los franceses no se aburren, ni se cansan, ni tampoco se van.

—¡Tiene razón el señor don Lino Paniagua! —exclamó otro personaje que se distinguía de los demás individuos del grupo por el deslumbrante verdor de sus anteojos y un extraño modo de reír, más propiamente comparable a visajes de cuadrumano que a muecas de racional—. ¡Tiene razón! Hace cinco años no se oye más que esto: «Se van sin remedio: ya no pueden sostenerse un día más: el *lord* dará buena cuenta de todos ellos dentro del mes que viene...» Y así corren los meses y los años: la gente muere, el pan sube, los pleitos merman, el dinero se acaba y los franceses no se van sino para volver. Cuatro veces hemos visto salir al señor Pepe y cuatro veces le hemos visto entrar con más bríos. ¿Se acuerdan ustedes de la batalla de Bailén? Pues todos decían: «Gracias a Dios que se acabó esto. No ha quedado un francés para simiente de rábanos.» ¡Ay! no pasaron muchos meses, sin que les viéramos otra vez mandados por el Emperador en persona. Al cabo de cinco años se ha repetido la fiesta. Diose una batalla en Salamanca y aquí de mis bocas de oro: «¡Ya se acabó todo!... ¡Gracias a Dios!... Viva el *lord*...» Los franceses salen por un lado y los ingleses entran por otro. Pero esto parece escenario de un teatro: el lord se va por la derecha y José se nos cuela por la izquierda... Señores, no puedo olvidar las acotaciones de las comedias, que dicen *hace que se va y se queda...* A mí que soy perro viejo y tengo sobre mi alma cristiana cuatro dedos de enjundia de marrullería, no se me emboba con estas entradas y salidas.

—El señor licenciado Lobo —dijo don Narciso Pluma que a la sazón se encontraba también allí—, se halla tan bien en su escribanía de cámara, que no quisiera le molestase el ruido de las tropas, ni el estrépito de la guerra. Al fin y al cabo, los destinos dados por Murat no han de ser eternos.

—Ya os veo venir, embrollones; os entiendo farsantes; os conozco, trapisondistas —repuso Lobo disimulando su enojo—. ¿Quieren hacerme pasar por afrancesado?... Parece que corren vientos anglicanos y wellingtonianos...

—Puede ser.

—Señores, demos una vuelta por los Pozos de Nieve a ver si clarean las casacas rojas del lado de Fuencarral y Alcobendas.

—¿Por qué no? El ejército aliado parece que viene hacia acá. Pero en suma, señores ¿a dónde va esta gente? ¿Qué tinajas atraen con su olorcillo a nuestro intruso mosquito?

—Yo digo que no pasa del Pardo.

—Y yo que antes dejará de catarlo que quitarse el polvo de los zapatos mientras no llegue a la raya de Francia.

—Por allí viene el reverendo Salmón que nos dirá la verdad, pues este fraile de la Merced gusta de cucharetear con todo el mundo, y aquí cojo un vocablo, allá pesco una sílaba, ello es que todo lo sabe.

—Bien venido sea el padre Salmón —dijo Requejo adelantándose a saludar al venerable mercenario que en la noble compañía del marqués de Porreño tomaba de la Virgen del Puerto.

—¿Y qué nuevas tienen ustedes, señores míos? —preguntó el buen fraile limpiando el sudor de su rostro, pues según se fatigaba al subir la empinada cuesta de San Vicente, parecía que se dejaba la mitad de sus rollizas carnes en el camino.

—Como vuestra Paternidad no nos diga algo...

—El aparato de fuerza que lleva el Rey, y la muchedumbre de coches en que le acompaña toda su servidumbre francesa y española —dijo con gravedad el marqués de Porreño— prueban que el viaje será largo.

—Estamos a 17 de marzo... pasado mañana son los días de don Pepito —indicó el fraile frotándose las manos—. Quiere celebrarlo en el Escorial.

—¿En marzo? Eso es hablar en mojigato —dijo Pluma señalando con picaresca malignidad a un anciano astroso y taciturno que hasta entonces no había desplegado sus sibilíticos labios—. El señor Canencia que está presente le enseñará a usted a hablar en jacobino. No se dice marzo, sino *Ventoso*, víspera de *Germinal* y antevíspera de *Floreal*.

Todos se rieron a costa del abatido don Bartolomé Canencia, que habló de esta manera:

—En mi escuela se atiende a los hechos no a las palabras, *factis non verbis*.

—Estamos en marzo —afirmó Lobo—, pero ahora nos ocupamos de nuestro Rey postizo, y ya se sabe que está siempre en *Vendimiario*.

—Veo que será preciso buscar las noticias en otra parte —dijo con impaciencia Paniagua—. El padre Salmón no está hoy de vena para contar, y don Bartolomé Canencia, que conoce todos los pasos de los franceses como los saltos de las pulgas dentro de su camisa, no nos quiere decir nada, sin duda por no vender a sus amigos.

—¡Mis amigos, los franceses! —exclamó Canencia turbándose como jovenzuelo tímido, a quien se descubre un secreto amoroso—. ¿Soy acaso hombre que se entusiasma con las victorias militares de Juan y de Pedro? ¡Batallas! ¡Ejércitos! ¡Napoleón! ¡Lord Wellington! ¡Qué basura! Soy partidario del género humano, señores. Odio las guerras, destructoras de la *convención* social, y aguardo el día de la emancipación de los pueblos. Sé que me calumnian; sé que algunos se atreven a sostener que estuve en Salamanca en una sociedad masónica... ¿Por ventura estas mis venerables canas y esta entereza filosófica que debo a mis estudios son a propósito para degradarse en logias y aquelarres...? Pero basta que me hayan dado ese miserable destinillo en la contaduría del Noveno para que se me crea ligado en cuerpo y alma a los Bonapartes, señores, a los hijos de doña Leticia, que hoy dominan el mundo con la espada... ¡Como si la espada fuera otra cosa que un pedazo de acero, una herramienta brutal, una lanceta inerte y punzante que solo sirve para sangrar a los pueblos!... Y entre tanto las ideas... Volved los ojos a todos lados y decidme, ¿dónde están las ideas?

Las risas impidieron a Canencia seguir adelante en su comenzado discurso. Salmón le quitó la palabra de la boca, para decir:

—Mala pascua me dé Dios y sea la primera que viniere, si a este don Bartolomé no le cambian pronto su plaza de la contaduría del Noveno por una jaulita en el nuncio de Toledo... En suma nada nos ha dicho del viaje del rey. Lo que yo aseguro es que ayer nada se sabía en palacio de tal viaje...

—Por allí viene quien nos ha de sacar de dudas —dijo Pluma señalando hacia Caballerizas.

Todos los del corrillo fijaron la atención en un joven bien parecido, de rostro alegre y franco que precipitadamente bajaba en dirección a San Gil. Vestía el uniforme de la guardia española creada por José en enero de 1809, y a la cual pertenecían buen número de compatriotas nuestros con todos o casi todos los suizos y valones de los antiguos cuerpos extranjeros.

—¡Eh, Salvadorcillo Monsalud, Salvadorcillo Monsalud! —gritó el licenciado Lobo, llamando al mozo del uniforme.

—Es sobrino de Andrés Monsalud, el que apalearon en Salamanca —indicó con malicia Requejo—. El señor Canencia puede dar noticia de la batalla de los Arapiles y de los palos de Babilafuente.

—Señores patriotas, buenos días —dijo el joven guardia acercándose al corrillo y saludando a todos con festivo semblante.

—¿Qué ocurre, discreto amigo, aunque jurado? —le preguntó Salmón posando su manto en el hombro del mancebo—. ¿A dónde va por esos caminos el Emperador de las Tinajas?

—A Valladolid —repuso el militar.

—¡A Valladolid! —exclamaron todos—. ¡Ya lo presumía yo!

—Por allí están la Nava, Rueda, la Seca, Mojados y demás cepas...

—¿Con que a Valladolid?

—No faltarán batallas... —indicó el joven con énfasis—. Napoleón ha mandado un recado a su hermano, diciéndole que salga a campaña.

—¿Un recadito?

—Y nosotros salimos también... Y con nosotros los ministros, y con los ministros los empleados, y con los empleados...

—Con los empleados los empleos —añadió Lobo—. Eso será bueno.

—En palacio están empaquetando a toda prisa cuadros y alhajas —prosiguió Salvador con alborozo y orgullo, propios de la juventud al verse portadora de nuevas estupendas—. Ayer embaulamos juntamente con la batería de cocina una tabla pintorreada que llaman el *Pasmo de Sicilia*... Nos llevamos hasta los clavos... Dentro de pocos días se van a embargar todos los coches y carros de la villa, y aún no bastará.

—¡Todos los carros! Pero esta gente nos va a dejar sin un alfiler para atrabarnos las chorreras.

—¿Acaso vinieron a otra cosa? Pues qué —afirmó Salmón—, ¿cree usted que esa gente ha sabido lo que es pan antes de venir a España?

—Y ahora, señores —dijo el militarejo—, harán ustedes bien en marcharse cada uno a su casa de dos en dos, porque la policía no gusta de ver grupos en los alrededores de palacio.

Esta advertencia produjo rápidos efectos: deshízose el grupo, y por parejas se alejaron en direcciones diversas los esclarecidos varones, marchando cuál a su oficina, cuál a su tienda, este a la escribanía, aquel al convento, quién a la tertulia de la botica, quién a los estrados de las damas y a las reuniones de la gente tónica, afanosos todos de transmitir las noticias recibidas, que de calle en calle, de sala en sala, y de boca en boca iban desfigurándose y abultándose hasta el punto de que no las conocería el mismo que las lanzó a los vaivenes y agitaciones del mundo.

¡Y entonces no había periódicos!

José Bonaparte había salido en efecto para Valladolid, obedeciendo a su amo y hermano que le mandaba ponerse al frente del ejército, mientras él, no escarmentado con la desastrosa campaña de la Moscowa, se disponía a emprender otra nueva en Alemania contra la sexta coalición.

Cuando el coche, pasado el arco de San Vicente, torció a la derecha en dirección a la Puerta de Hierro, Su Majestad, que hablaba con el general Jourdan, dejó a este con la palabra en suspenso, y se asomó por la portezuela para contemplar el real palacio que quedaba detrás, sentado en los bordes de la villa, con un pie arriba y otro abajo, destacando su enorme cuerpo blanco sobre las rampas de ladrillo que le sirven de trono y sobre la verdura de los árboles que le sirven de alfombra. José Bonaparte dirigió al edificio una mirada en la cual difícilmente podrían conocerse los sentimientos de su corazón. Aquel abandonado albergue que veía Su Majestad tras sí, ¿era una mansión risueña, de la cual no podía alejarse sin pena, o por el contrario, cueva horrorosa en cuyo recinto no había sino cautiverio y tristeza? ¿Era grata al intruso la idea del regreso, o se complacía su ánimo con el pensamiento de perder de vista para siempre la enorme casa blanca y las rojas murallas y el jardín rastrero entre cuyo follaje levanta el abollado sombrerete de su techo, la ermita de la Virgen del Puerto?...

Napoleón el Chico, después del triste mirar, recostose taciturno en el fondo del coche, mas no oyeron sus cortesanos ningún suspiro como el que en parecido caso regaló a la historia Boabdil el de Granada. Reanudose la conversación entre José y el mariscal Jourdan. Madrid y su palacio y su polvo y su claro cielo y su aire sutil no fueron ya para el hermano de Bonaparte más que un recuerdo.

II

Salvadorcillo Monsalud era un joven de veintiún años, de estatura mediana y cuerpo airoso y flexible. Su rostro moreno asemejábase un poco al semblante convencional con que los pintores representan la interesante persona de San Juan Evangelista, barbilampiño y un poco calenturiento, con singular expresión de ansiedad inmensa o de aspiración insaciable en los grandes ojos negros. Grave seriedad sentimental se desprendía de su persona, de su voz y de su porte; cautivaba a todos por su bondad, y a las muchachas por sus modales corteses y su agraciada delicadeza no adquirida con la educación, pues había nacido en cuna muy humilde. Era como el Evangelista, algo tímido y muy circunspecto, lo cual no resultaba útil en este siglo, ni aun cuando principiaba. Con su traje de guardia española, Monsalud estaba muy gallardo; pero sin aquel espantable continente marcial que caracteriza a los militares de afición: era su figura la de un soldado en yema o campeón verde que aún no se había endurecido al Sol de los combates, ni acorazado con la provocativa soberbia y fanfarronería de una larga vida de cuarteles.

Este joven tenía por tío a Andrés Monsalud, que vivía en la Cava Baja, y por amigo íntimo y confidente a un compatriota llamado Juan Bragas, que con él viniera poco antes de la Puebla de Arganzón a buscar fortuna. Había emigrado Salvador por razones que se conocerán en el transcurso de esta historia, y que no eran ciertamente alegres. Indeciso primero sobre la carrera a que debía dedicarse, y no sintiéndose con vocación para el comercio ni para la curia ni para la Iglesia, entrose de rondón por la puerta del militarismo, ancha y abierta siempre, y que tiene la ventaja sobre las demás puertas, incluso la Otomana, de llevar rápidamente a todas partes. Diérale su buena madre al partir una cantidad que podía parecer considerable en el condado de Treviño, pero que en Madrid era de esas que se disuelven pronto en la inmensidad de la vida, como grano de sal en tinaja de agua. Viéndose pues, el joven sin nada blanco ni amarillo en sus arcas, y no teniendo más tesoro que los sabios consejos de su insigne tío don Andrés Monsalud, resolvió aprovecharse de este caudal, que a todas horas se le vertía en los oídos, ya en forma de reprimenda, ya con color de amonestación. No por entusiasmo, no por falta de patriotismo, no por bélico ardor, sino por necesidad, entró Salvador en uno de los regimientos españoles que servían malamente a José, y a los cuales llamábamos entonces *jurados*. Bien pronto le dieron las charreteras de sargento.

Eran los individuos de estos cuerpos muy aborrecidos y escarnecidos en Madrid, por servir al enemigo intruso, tirano y ladrón de la patria; pero Monsalud no se preocupaba de esta falta de estimación, que al recaer sobre la infame bandera, alcanzaba también a su humilde persona. Aunque el joven tenía ideas y no pocas, si bien revueltas y confusas y desordenadas, aún no poseía las que comúnmente se llaman ideas políticas, es decir, no había llegado, a pesar del vehemente ardor de la generación de entonces, al convencimiento profundo de que la solución nacional fuese mejor o peor que la extranjera. No faltaba ciertamente en su corazón el sentimiento de la patria; pero estaba ahogado por el precoz desarrollo de otro sentimiento más concreto, más individual, más propio de su edad y de su temple, el amor. Está escrito, que en ciertos casos, tal vez siempre, el rostro de una mujer tenga mayores dimensiones y ocupe dentro del universo más grande espacio que las inmensidades materiales y morales de la patria. Por esta causa, por este aparente absurdo, Fernando el Deseado y José Bonaparte eran a los ojos de Monsalud dos figuras lejanas y pequeñitas, que apenas se parecían en las nieblas del cerrado horizonte.

Quién era la persona que así llenaba la fantasía y ocupaba las potencias todas del alma de este joven, sabralo el lector más adelante, cuando con sus propios ojos la vea y oiga su vocecita y conozca su historia. Monsalud estaba solo en Madrid, porque realmente, para él los cien mil habitantes de la capital, no eran nadie, ni su amigo y su tío eran tampoco gran cosa. La soledad y la distancia habían ahondado el hoyo de su pensamiento, dentro del cual tristemente se revolvía, escarbando con ardor por todos lados sin hallar salida, ni respiro, ni luz.

Hemos dicho que tenía un amigo, sí, Juan Bragas, joven nacido como Monsalud en el lugar de Pipaón, y que poseedor de mayores recursos y valimiento había resistido a las primeras escaseces de la vida cortesana, pescando al fin por lo muy pedigüeño y sumiso, una pluma de ganso en las covachuelas. Juan Bragas era, pues, covachuelista, es decir, palote árido y enteco en el cual debía injertarse después la vigorosa rama del funcionario público. Su carácter difería mucho del de Monsalud, y, sin embargo se juntaban ambos jóvenes con sumo gusto para charlar y referirse sus respectivas desventuradas aventuras.

Juan Bragas carecía por completo de imaginación y de sensibilidad fina: pero sabía poner las cosas en su sitio, y tenía el mejor ojo del mundo para ver todos los objetos en su tamaño real: poseía, en suma, aquel poderoso instinto aritmético que a ciertas organizaciones, quizás las más influyentes hoy, les sirve para reducir a cantidad o a tamaño, mejor dicho, a una forma visible y fácilmente apreciable todos los hechos de la vida en lo moral y en lo físico. Bragas no se equivocaba nunca: tenía en sus juicios la infalibilidad de las matemáticas. Monsalud era una equivocación perpetua: llevaba infiltrado en su naturaleza el error constante y todas las deslumbradoras mentiras de la poesía.

A pesar de esto, no reñían nunca y se querían de veras. Quizás ha dispuesto Dios que el mundo se componga de un Monsalud y de un Bragas. ¡Oh admirable armonía y concordia sublime! Las cuerdas del arpa no exhalarían, no, su armoniosa voz, si no existiera una caja vacía y seca, una especie de ataúd oscuro que retumbase bajo ellas, y vibrase agrandando los sones en su desnuda concavidad que podría servir de despensa.

Cuando Monsalud estaba libre del servicio iba a buscar a Bragas, el cual limpiaba una tras otra las amarillentas plumas, guardándolas en el cajón con tanto cuidado como guarda un cirujano sus instrumentos, se quitaba después los manguitos negros, se desperezaba, y tomando con la diestra mano el sombrero, y despidiéndose con la zurda de don Gil Carrascosa, jefe de la oficina, salía a la calle. Ambos jóvenes dirigían sus pasos por lugares no muy concurridos, bajando frecuentemente al campo del Moro, a la Virgen del Puerto, o bien se lanzaban intrépidos a las ondas de polvo del cerrillo de San Blas o de la vuelta exterior del Retiro.

Un día, que debió de ser allá por los últimos de mayo de 1813, Bragas y Monsalud hablaron de esta manera.

—Amigo Juan Bragas, estoy de enhorabuena porque al fin voy a dejar este maldito pueblo que aborrezco. Los franceses se retiran mañana y yo con ellos.

—¿A Francia?

—O por el camino de Francia, al menos —añadió Monsalud—, con lo cual dicho se está que pasaré por la Puebla de Arganzón, nuestra querida villa. Anímate, Juan... Ya me parece que estoy entrando por la calle real; que me acerco a mi casa sin que mi madre lo sospeche; ya me parece que llego, empujo la puerta, y me presento dando gritos y porrazos. A mi madre se le cae la calceta de la mano, corre a echarse en mis brazos, y la aguja de media que lleva sobre la oreja, se me clava en la frente... El corazón me baila en el pecho, amigo Bragas, cuando tales cosas pienso.

—De veras te digo que pareces cómico —dijo Bragas riendo—. ¡Qué bien sabes fingir y representar una cosa que no es verdad!

—Y luego —añadió Monsalud— saldré de mi casa, y paso a paso iré junto a Nuestra Señora de la Asunción, a cuya plazoleta caen las ventanas de Generosa, y arrojaré una chinita a los vidrios...

—Para que se asome Genara con su pañuelo encarnado sobre los hombros... ¡La pícara qué guapa es! —afirmó Bragas—. Me parece que la estoy mirando, cuando bailaba contigo en casa del maestro Rondaña. Salvador, ¿te acuerdas de aquel lunarcito que tiene sobre el rincón derecho de la boca? ¡Santa Virgen, qué rinconcito!

—Para retirarse a él y decir: «ya no quiero más mundo.»

—¿Pues y aquel modo de mirar, y aquel reconcomio de ángeles divinos, cuando se menea, o alza los hombros, o le da a uno las buenas tardes? Paréceme que la oigo: «Buenas tardes, Braguitas, ¿has visto en las eras a Salvador Monsalud?»

—¡Ay, amigo! —exclamó el joven soldado dando un suspiro—. ¡Cuando uno piensa que ha tenido todo eso y todo eso ha perdido!...

—¡Miren el Juan Lanas! Valiente hombre tenemos aquí —dijo el de la covachuela mofándose de la sensibilidad un tanto exagerada de su amigo—. Échate a llorar y ponte flaco y amarillo y echa suspiritos al aire, por una mujer, por un lunar bien puesto encima de una boquirrita. Mira, Monsalud, si tú eres necio, yo no lo soy. Ya te lo he dicho varias veces: las mujeres para un rato y nada más. Mucho de que te quiero y te adoro; pero después... puntapié. Eso de llorar y entristecerse y decir palabrotas y quererse morir por una de tantas es propio de bobos.

—Tú no sabes lo que es el amor, Juan Bragas —dijo el soldado—; o mejor dicho, crees que viene a ser algo semejante a un plato de estofado.

—Ni más ni menos. Un plato de estofado repugna después de haber comido... Por consiguiente, no te acuerdes más de la Generosa, que a buen seguro ella se acuerda de ti como de las nubes de antaño. Los paisanos que llegaron el otro día me dijeron que se iba a casar con el hijo de don Fernando Garrote, el cual tiene más dinero que pesáis tú y Generosa juntos.

—¡Con el hijo de don Fernando Garrote, con Carlitos Garrote! —murmuró Monsalud palideciendo—. Juan Bragas, si vuelves a decir eso delante de mí, te cojo y... vamos, te cojo y te ahorco de un árbol.

—¡Piedad, señor mío! —dijo Bragas deteniéndose ante su amigo y haciendo grotescos gestos—. Está usted enamorado o lo que es lo mismo, imbécil, y los imbéciles suelen ser graciosos.

—Bragas, eres una bestia —dijo el soldado—. Para ti no hay más vida que el forraje que te echan todos los días en casa de tu patrón don Mauro Requejo. Siento tener por amigo una bestia; pero en fin eres un buen muchacho: tu solo defecto es que coceas de vez en cuando.

—Pero jamás he llevado sobre mí la albarda del enamoramiento. Ven acá, hombre sin seso, ¿de quién estás enamorado? De Generosa. ¿La ves acaso? ¿No está a cien leguas de donde tú estás? ¿No te dijo su abuelo que jamás casarías con ella por ser tú un triste pelón y tener tus arcas rasas, lisas y mondas como fondo de mortero de piedra? De modo que estás queriendo a una sombra, a un imposible, a una ilusión, a una telaraña; justo, esa es la palabra, a una telaraña.

—Juan —repuso Monsalud—, al oírte me confirmo en que eres un saco de carne, con dos agujeros que llaman ojos, para ver lo que se le pone delante, y boca y barriga para comer y llenarse de bazofia todos los días. Cada hombre tiene su destino en el mundo: el tuyo ya sabemos cuál es.

—Y el tuyo lo veo yo clarito también: holgazanear, mirar a las estrellas cuando las hay, taconear por las calles para llamar la atención de las costureras que pasan, no tener qué comer y ser toda la vida un señoritico cañihueco y hambrón.

—Pues mira, a veces se me ha ocurrido, amigo Bragas, que yo sería mucho más feliz si fuese como tú, es decir, un saco con sentidos. Pienso muchas veces en mi porvenir y digo: «Quién sabe, ¡vive Dios! si esto que pienso será una mentira, una cosa vana y disparatada.» Todos los jóvenes hacemos nuestros cálculos para lo porvenir, Juan, y los míos son un poco extraños y fuera de lo común. A mí se me ha puesto en la cabeza que para levantarse todos los días, comer, dormir la siesta, pasear, cenar y meterse en la cama, no valía la pena de que hubiésemos nacido. Más vale ser un puñado de polvo que los vientos se llevan y desparraman por todas partes. O yo no he de valer nada o he de vivir de otra manera. Soy un ignorante; sé poco de las cosas del mundo; mas por lo poco que sé, comprendo que hay muchos trabajos admirables en que el hombre se puede emplear. Digan lo que quieran, el mundo no marcha bien.

—Pues yo creo que marcha admirablemente —dijo Bragas riendo—. ¿También quieres enmendar la obra de Dios?

—No digo tal: quiero decir que esto no va bien; no sé si me explico. Si tú tuvieras siquiera un pedazo de alma, tendrías las inquietudes y los deseos que yo tengo, y estarías enamorado como yo lo estoy. Es un padecimiento; pero no puedes formarte idea de que se te quita este padecimiento, sino haciéndote cargo de que estás muerto. Vivir curado del mal de amores es cosa que la mente no puede concebir, Braguitas.

—Dime, Salvador —indicó el covachuelo con ademán festivo—, ¿piensas seguir así?... Te juro que vas a hacer bonitísima carrera. Por ese camino de los amorosos sufrimientos y del suspirar y escupir sangre se va a general en poco tiempo.

—¿Y quién te ha dicho que yo quiero ser general en dos palotadas?... Lo que digo es que yo seré alguna cosa que meta ruido.

—Siendo militar y tambor, en efecto puedes meter mucho ruido.

—Allá lo veremos... ¿Y tú qué piensas ser?

—¿Yo? Dificilillo es anunciarlo desde ahora, señor Monsalud; pero no me quedaré de monago. Sepa usía que en el fondo de mi baúl tengo siete duros.

—¿Y qué haces que no pones un buen comercio o un segundo Banco de San Carlos?

—Por poco se empieza. Yo sacaré el pie del lodo, señor Monsalud. Y no me pidas prestados los siete duros, porque más fácil será que saques un alma del Infierno que sacar mis soles del fondo del arca donde los guardo. Como no me he de enamorar, ni siento comezón de echarme vinagrillo de los Siete Ladrones en el pañuelo, allí se estarán hasta que vayan otros tantos a hacerles compañía. Conque perdone por Dios, hermano, que no tenemos suelto.

—Bien sabes que nunca te he pedido nada.

—Pero pudiera ocurrírsete cualquier día, Salvador. Tú vas sacando malas mañas... Ahora que te vas al Norte, asistirás a alguna batalla... Como no faltará algún pueblo que entrar a saco, mucho ojo, amiguito, y mete mano.

—Descuida, soy buen amigo: si después de una batalla, se reparte botín y me toca algo, te lo mandaré.

—Hombre, no es mala idea... Pero si te tocase alguna herida o descalabradura, puedes quedarte con ella.

—Oye, Juanillo —replicó vivamente Monsalud—, ¿no dices que tu mayor gusto consistiría en ser ministro del Rey para tener mucho dinero y hacer mucho bien y llenarte de gloria y morir honrado y bendecido?

—Sí.

—Pues te guardas el dinero, ¿eh?... y la gloria, la honra y las bendiciones me las mandas.

III

Así pensando y discutiendo, a veces riñendo y regalándose el uno al otro palabras un poco fuertes; haciendo luego las paces para prometerse amistad invariable, dieron nuestros dos amigos la vuelta del Retiro, y cuando tornaban a Madrid por la calle de Alcalá, vieron que discurría de arriba abajo mucha gente, y que contraviniendo las disposiciones de la policía francesa, en todas partes se formaban grupos. Pedíanse las personas unas a otras las noticias arrebatándoselas de la boca y comentándolas para soltarlas luego desfiguradas. Cuál aseguraba saber mucho, cuál ignorándolo todo se hacía repetir hasta tres veces la misma noticia. Todos los madrileños parecían sorprendidos, y los más, alegres.

Al punto pararon mientes Monsalud y Bragas en aquella estupenda novedad de los corrillos y de la animación que se repetía, a pesar del gobierno, siempre que llegaban noticias de alguna batalla. Deseosos de conocer la verdad de lo que ocurría, husmearon en varios grupos, mas no viendo caras conocidas en ninguno de ellos, no se atrevieron a meter su cucharada y se contentaron con algunas palabras sueltas. Pero hacia las baronesas, creyó Bragas oír la voz de don Gil Carrascosa, abate antaño, y por entonces covachuelista en la misma covachuela del covachuelo mancebo. Acercáronse y vieron que el licenciado Lobo venía a su encuentro, juntamente con don Mauro Requejo y el señor don Bartolomé Canencia. Fundiéronse todos en el grupo, a punto que Carrascosa decía:

—Mañana salen de Madrid los franceses. Parece que ahora va de veras, señores patriotas, y que no volverán más. El Rey José está muy apretado y no puede pasar, según dicen, de la línea del Ebro. Aquí no quedará un solo francés, ni un solo jurado, ni un solo polizonte, ni un solo jacobino. Respira, ¡oh patria!

—La verdad —dijo don Lino Paniagua, que también era de los presentes— es que Wellington se ha movido.

—Y como también se ha movido el cuarto ejército que manda Castaños... Parece que quieren cerrar a los franceses el paso de Burgos y Vitoria.

—¡Admirable plan! —exclamó Lobo—. ¡Cerrar el paso! nada más claro. El cuarto ejército estaba en todas partes como perejil mal sembrado. Castaños en Extremadura con una división, Porlier y Losada en Galicia con otra, Morillo en Asturias, Mina en Vizcaya. Lord Wellington que desde Fregeneda ponía su lente en todo, les ha mandado adelantarse. Uno viene por aquí, otro por allá, con tan admirable concierto y arte como las piezas de un reloj que ordenadamente van caminando sin estorbarse una a otra. El francés que con la cholla cargada de vapores viníferos, se duerme en Valladolid, en Segovia, en Madrid y en Zaragoza, no ve el nublado, hasta que le cae encima. Se asusta, llama a *Farfulla I* en su ayuda, pero *Farfulla I* después de la campaña de Rusia no está para fiestas, y héteme al rey José en campaña. Él había dicho como los castellanos: «Vino puro y ajo crudo, hacen al hombre agudo...» pero en buena se ha metido... ¡Grandes batallas se preparan! Todo esto, amigos míos, lo barruntaba yo; se necesita no tener un solo grano de sal en la mollera para comprender que hallándose el *lord* en Fregeneda, Longa y Mina en el Norte, Morillo en Asturias, y Carlos España en el Bierzo, pues... yo lo veo claro como el agua.

—Y yo turbio como el cieno —dijo Canencia, con filosófico desdén—. ¡Una batalla más! Rousseau ha dicho que las verdaderas batallas son las que ganan la sabiduría contra la ignorancia de la corrompida humanidad.

No tardó en pasar el padre Salmón, que con el padre Ximénez de Azofra y el marqués de Porreño, regresaba a su convento, y pegándose al grupo hizo varias preguntas.

—Eso ya lo sabíamos... que se va toda la canalla mañana temprano... ¿Pero y de los ejércitos, qué se dice?

—A mí se me figura —dijo con gravedad el marqués de Porreño— se me figura... Es idea mía... puede que me equivoque, pero juraría...

—¿Qué?

—Que el *lord* se ha movido.

—Eso no tiene duda —repuso Lobo dignándose repetir el plan de campaña con que poco antes había demostrado su perspicacia estratégica.

Y al poco rato partieron en distintas direcciones. Acompañaron al señor marqués los dos reverendos, y recibidos por la interesante familia de este, Salmón exclamó:

—¡Gran bomba, señores! El *lord* se ha movido.

—¡Y mañana salen de aquí todos los franceses!

—¡Benditos sean los designios de la divina Providencia! —dijo la hermana del marqués.

—¡Wellington se ha movido! —repitió el mercenario, mirando a diestra y siniestra por ver si se vislumbraban en el horizonte lejanos signos de soconusco—, y juntamente con Mina y Morillo viene sobre Madrid.

—¡Jesús! ¡Sobre Madrid!

—Así lo han dicho. Parece que da la vuelta por el Duero, que está como usted Sabe en Tordesillas. Y como Castaños pasa de Extremadura a Asturias, con el sétimo cuerpo, digo, con el octavo o con el duodécimo... En junto unos cuatrocientos mil hombres.

Poco después la hija del marqués de Porreño iba a casa de Sanahúja, donde ya sabían la noticia, gracias a don Lino Paniagua, y decía:

—Lo menos setecientos mil hombres dicen que trae *Vellinton*.

Conviene advertir que casi todos los españoles pronunciaban el nombre del general inglés como acabamos de escribirlo. Algunos lo modificaban diciendo *Vellliztón*, acentuando la última sílaba, lo mismo que decían *Stapletón Cotón*; pero esto no hace al caso, y siga nuestro cuento. El conde de Rumblar, que a la sazón hallábase en casa de Sanahúja, partió como un rayo, y en la Puerta del Sol topó con José Marchena, a quien dijo que José iba sobre Fregeneda y que el duque de Ciudad Rodrigo estaba en Valladolid... Poco después don Narciso Pluma, que esto oyera y otras muchas estupendas cosas que había oído poco antes, las revolvió todas, haciendo la más chistosa ensalada que puede imaginarse, y entró en casa de Porreño, donde sostuvo que se estaba dando una batalla junto al Duero entre don Pablo Morillo con doce mil hombres, y el rey José con setecientos mil...

Repitámoslo, sí. ¡Entonces no había periódicos!

IV

Cuando se disolvió el grupo los dos jóvenes siguieron su camino.

—Vamos a casa de mi tío —dijo Monsalud—, a ver qué piensa de estas cosas. Ya anochece; apretemos el paso... ¿No te parece que los habitantes de la villa están un poco alborotados?

—¡Salen los franceses!... ¡Un cambio de gobierno! —murmuró Bragas intranquilo—. Ahora todos los que han sido empleados durante el gobierno intruso...

—A la calle, amigo. ¡Pues no es poca afrenta la que tienen encima. Haber servido al intruso!... ¡Oh, vilipendio!

—Pero yo soy español, muy español. Detesto a los franceses.

—Ahora que se van es muy cómodo decir eso. Yo, señor Juan, no les tengo rencor. Con ellos he servido, con ellos voy.

—Entonces dirás: «¡Viva Napoleón!»

—No diré ni que viva ni que muera, porque yo no he de matar ni he de resucitar a nadie. Me alegraré de que sea rey de España Fernando VII... Ya sabes por qué he servido a José: me moría de hambre y acepté sus banderas. Tal vez hice mal, pero las juré y tras ellas voy a donde me lleven. Eso de gritar hoy *Bonaparte* y mañana *Fernando*, como hacen muchos, no entra en mi sistema. Sirvo a José sin entusiasmo; pero con lealtad.

—¡José, José —exclamó Bragas alzando la voz—, es un borracho! No se tiene lealtad con los borrachos.

—A ti y a mí nos ha dado de comer. Los dos nos encontrábamos en Madrid bastante perdidos y derrotados. Mi tío me colocó en el regimiento de jurados, lo que fue muy fácil, porque nadie quería entrar en él. Tu colocación parecía más difícil; pero tanto lloraste y gimoteaste ante el conde de Cabarrús, que el buen señor, considerando que eres hijo de su criado, diote a roer ese hueso de la covachuela. Para conseguirlo, te fingiste entusiasmado con el fraternal gobierno de Bonaparte, ¡y qué memoriales le echabas!... ¡cuántas resmas embadurnaste con lamentos y suspiros!... Para que todo no fuera música y palabrillas vanas, te aplicaste el oficio de dar vítores y palmadas en la calle siempre que el Rey pasaba, y gritar «*¡Mueran los madripáparos!*»

—¡Mentira, mentira! —exclamó Juan Bragas, cuyo rubor no podía distinguirse a causa de la oscuridad de la noche—. ¿De dónde has sacado tales invenciones?

—Verdad, verdad pura, digo yo —continuó Monsalud—, como también lo es que te daban obra de tres reales por función, quiero decir por cada carrera detrás del coche de Pepe Botellas, gritando y vitoreándole. Ello es que si te desgañitaste, ganando aquella ronquera que te puso en peligro de callar para siempre en la sepultura, en cambio recibiste el destino que tienes, el cual verdaderamente no es mucho premio para tanto batir palmas y asordar a la gente con los vivas.

—Salvador, Salvador, mira que me incomodo —dijo Bragas con voz balbuciente, señal de que le ponía colérico el verídico retrato que su amigo diestramente trazaba—. Cualquiera que te oiga ¿qué pensará de mí?

—Ahora quieres pasar por hombre formal. Vas muy serio y finchado por la calle, entras en la covachuela dando taconazos, y cualquiera supondría que dentro de ese casacón que compraste en el Rastro, va un Consejero de Indias.

—Si no va todavía, irá con el tiempo, señor mío.

—Y como parece que el Rey José y los franceses y los jurados se marchan para siempre, quieres hacer olvidar que te colocó el conde Cabarrús... Ahora es preciso *empecinarse*, señor Juan Bragas, como se *empecinó* su merced durante el tiempo en que evacuaron la villa los franceses y la ocuparon los aliados después de la batalla de los Arapiles.

—Amigo Monsalud —gruñó el otro—, yo soy dueño de hacer mi santa voluntad ahora y siempre. Sé donde me aprieta el zapato, y cada uno tiene su alma en su almario. Tú mismo que ahora te la echas de hombre recto y puntilloso estás esperando a que los franceses salgan de aquí para desertar de sus filas y pasarte a los españoles, lo cual es muy meritorio y por extremo patriótico; que no hay gloria más envidiable que servir a la patria, ni deshonra que se compare a la de ayudar al enemigo contra nuestros hermanos. Y ahora que los franceses van de capa caída y parece que huyen vencidos, el heroísmo consiste en volverles la espalda.

—Eso no lo haré yo —dijo con energía Monsalud—, que cuando entré a servirles lo hice por mi voluntad.

—Pues no te podrás quitar de encima la nota de traidor —indicó con energía Bragas—, que traidores son los que sirven al enemigo de la patria. ¿No te da vergüenza de vestir ese uniforme?

Cuando esto decía, habían entrado en la calle de Toledo y tomaban por la derecha la embocadura de la Cava-Baja, donde tenía su residencia el señor Monsalud *senior*, tío de nuestro héroe. Por las noches Salvador solía hacer parada en casa de su tío, antes de encerrarse en el cuartel, y acompañábale generalmente Bragas, atraído por un olorcillo de una regular cena que allí se aderezaba y el reclamo de una animada tertulia.

—Veremos qué piensa mi tío de estas cosas —dijo Monsalud—. Él es un afrancesado rabioso, y desde que el conde de España le mandó dar de palos en Salamanca, no cesa de decir que ahorcaría a todos los *empecinados* si estuviere en su mano.

No había concluido Monsalud de decir lo antecedente, atravesando la plazoleta que llaman Puerta Cerrada, aunque no hay allí puerta alguna abierta ni entornada, como no sean las de las casas, cuando muchas de las gentes reunidas junto a las tiendas, y el gran número de majos, chulillos y muchachos desvergonzados que por allí discurrían, fijaron su atención en los dos jóvenes, y principalmente en el sargento de la guardia, cuyo uniforme a cien leguas le denunciara como servidor del rey entrometido.

—Parece que nos miran —dijo Monsalud—, y nos señalan. ¿Llevamos algo de particular?

—Es que la gente está alborotada... —balbució Bragas, temblando de miedo—. Llevas uniforme de la guardia jurada... Ese traje es muy aborrecido en Madrid, y con razón, con muchísima razón... No creas que te van a defender tus amigos. Ocupados de su viaje, no se cuidan de niñerías, y lo mismo les importará que te insulten o que no. Los franceses desprecian a los traidores que les sirven, como los despreciamos los españoles.

Iba a contestar Monsalud, cuando de un grupo de holgazanes que sostenía la esquina de la Cava-Baja salieron voces de *a ese, a ese,* y luego un murmullo de risas insolentes. Monsalud se paró en medio de la calle, y volviéndose a los del grupo les miró cara a cara, esperando que alguno pasase de las palabras a las obras. En el mismo instante, varias pelotas de lodo, arrojadas por los chiquillos, se aplastaron en su pecho, salpicándole la cara.

El populacho es algunas veces sublime, no puede negarse. Tiene horas de heroísmo, en virtud de extraordinaria y súbita inspiración que de lo alto recibe; pero fuera de estas horas, muy raras en la historia, el populacho es bajo, soez, envidioso, cruel y sobre todo cobarde. Todos los vencidos sufren más o menos la cólera de esta deidad harapienta que por lo común no sale de sus madrigueras sino cuando el tirano ha caído. Si no le supo exterminar con su iniciativa y su fuerza, casi siempre se da el gustazo de rociarle con su fango; y a todas las instituciones o personas que caen por el esfuerzo de campeones de otra esfera más alta, el populacho les pone su ignominioso sello de inmundicia. La libertad y las *caenas*, a quienes alternativamente aduló, han visto sobre sí en el momento terrible a la furia inmunda que les escupía. Como la hiena, es intrépida con los muertos.

Casi desguarnecida Madrid de tropas francesas, pues muchas habían ido saliendo desde mediados de mayo; dispuesto todo para marchar las últimas en la madrugada del siguiente día 27, el enemigo, puesto un pie en el estribo, no se cuidaba ya de hacer cumplir las reglas de policía. El estado de la guerra y la comprometida situación de José junto al Ebro, confirmaban a aquel en su idea de que la ocupación de España iba a tener fin; mas si estaban indiferentes y aun alegres los franceses, los españoles comprometidos con ellos, no cabían en su pellejo de puro azorados y medrosos. A muchos de estos insultó la plebe en diversos puntos, y algunos aterrados algunos al ver el desamparo en que quedaban, desertaron para acogerse de nuevo a las banderas de la patria.

Se comprenderá, pues, que la situación de Monsalud frente a los respetables varones del populacho matritense, no era muy lisonjera. Ciego de enojo, con el rostro encendido y la voz balbuciente, echó mano a la empuñadura del sable gritando:

—Al que se me acerque, lo atravieso.

Y capaz era de hacerlo como lo decía, lo cual fue sin duda conocido por el egregio concurso de la esquina, no habiendo entre todos ellos uno solo que se destacase del grupo para hacer frente al irritado mancebo. Viendo este que con ser tantos, no pasaban a vías de hecho, siguió su camino; pero los disparos de lodo se repitieron de tal modo por la cohorte infantil, que Monsalud sin hacer uso del arma, corrió tras uno de aquellos angelitos de arroyo para castigar su desvergüenza. Antes que llegara a atraparle, lo que no osaron tantos hombres, atreviose a hacerlo una mujer, la cual cuadrándose marcialmente ante Salvador y desafiándolo del modo más varonil con ojos, gestos, manos y la cortante y ponzoñosa lengua, le dijo:

—¡Eh! so estandarte, si toca usted al muchacho no tendrá tiempo de encomendarse a Dios. Si el angelito le roció, es porque puede hacerlo, y para eso y mucho más le he parido... Conque siga adelante; y punto en boca y manos quietas.

Dada la señal por la matrona, acercáronse valerosos algunos de los chulos y tomadores que antes dispararan sobre el soldado burlas y palabrotas; enracimáronse los chiquillos y mujeres en derredor suyo, y una tempestad de insultos tronó en sus oídos. Aturdido al principio el mozo, defendiose con empellones y golpes muy bien dirigidos.

—¡Matarle! —gritó una arpía, al sentirse abofeteada por la mano vigorosa de la víctima.

Y también a su compañero el del casacón.

—A mí, señores ¿pues qué he hecho yo? —dijo Bragas, procurando echarse fuera del volcán—. Yo no conozco a ese hombre.

—¡Mueran los jurados!

—¿Acaso visto yo ese vergonzoso uniforme? —repitió casi llorando Braguitas—. Soy un joven honrado, español puro y neto, y jamás he servido a la basura.

Monsalud, a quien no hostigaba ningún hombre de buenos puños, sino tan solo mujerzuelas, chicos y algún cobarde zarramplín, de esos que van a todas las pendencias a meter ruido, pudo echar mano al sable y apartar un poco de su persona al indigno enjambre. Repartió de plano con seguro puño algunos golpes, y sin ser Papa creó gran número de cardenales en menos que canta un gallo. Algunas personas graves y varios majos decentes intervinieron en el asunto, aplacando la furia de todos, y propusieron que se dejase en libertad al guardia, con tal que allí mismo se quitase el uniforme. Enfurecido y fuera de sí Monsalud, iba a arremeter contra los amigables componedores, cuando apareció su tío don Andrés saliendo de la casa cercana que era donde vivía, y con razones y tal cual empellón, él y otros que le acompañaban cortaron la pendencia, obligando al joven a meterse en el portal que cerraron al instante.

Puesto en salvo su sobrino, a quien acabaron de aplacar las personas de ambos sexos que había en la casa, el señor Monsalud creyó oportuno dirigir la palabra a los del pueblo, un tanto mohíno por no haber podido vengar en el renegado las contusiones recibidas.

—No hagan ustedes caso, señores —les dijo con voz oratoria, que en su vana sonoridad gustaba de oírse a sí misma—. Ese joven es mi sobrino, un mala cabeza, un insensato que se afilió en el cuerpo de guardias jurados, sin saber lo que se hacía. Pero en el fondo de su alma, señores, mi sobrino es español por los cuatro costados y aborrece a los pérfidos enemigos de la patria. Comprendo, señores, que el pueblo se ensañe contra los afrancesados: esos viles merecen pronto y ejemplar castigo. (*Señales de aprobación*). Pero respetemos la desgracia, señores y señoras; que demasiado castigo tienen esos viles en su propio remordimiento y vergüenza. Esta noche es noche de gran regocijo para los buenos españoles, porque mañana se marchan los pocos borrachos que quedan en Madrid. España es libre, señoras, caballeros y niños. ¡Viva España! (*Ruidosos aplausos, y tal cual rebuzno y no pocas patadas, berridos y coces*). Yo respondo de que mi sobrino dejará las traidoras banderas en que ha servido; él es buen patriota, tan buen patriota como yo, que estoy dispuesto a derramar la última gota de mi sangre, sí, la última y postrera gota en defensa del Rey y de la Constitución. ¡Viva la Constitución! (*Ibidem*)... Y si alguna vez he vivido entre franceses, no lo hice por amistad hacia ellos, como dicen mis enemigos, sino que les seguí y me metí industriosamente entre sus filas para averiguar sus planes y espiar sus acciones e informar de todo a nuestros queridos, a nuestros queridísimos generales... ¡Ah! ¿Queréis más pruebas? Pues allá van las pruebas. Os ruego que contestéis a mis preguntas. ¿Quién soy yo, señores? Yo soy un mártir del patriotismo. Consagré mi vida al servicio de la patria, y hallándome cerca de Salamanca, en un pueblo de cuyo nombre no quiero acordarme, los franceses me apalearon[1]. ¿Y por qué, señores? Porque con mi espionaje puse todos sus secretos estratégicos al servicio de lord Wellington. Pues qué, ¿creéis que sin mí se hubiera ganado la batalla de los Arapiles? (*Estupor*). Aún tengo sobre mi cuerpo cien cardenales que con su noble púrpura manifiestan mi heroísmo. Luego vine a Madrid a gozar del espectáculo de este gran pueblo, ebrio de gozo por su libertad, y en agosto del año pasado juramos la Constitución en presencia del general

---

1   Véase *La batalla de los Arapiles* (primera serie). (N. del A.)

inglés. ¡Oh día solemne! ¡Oh época feliz! Si se empañó tan diáfana claridad con el regreso de los franceses, mañana se desgarrará el velo tenebroso de la invasión, mañana se marcharán otra vez para siempre, para siempre, señores, con su séquito inmundo de traidores y jurados y afrancesados. Ved cómo tiemblan, cómo se esconden de vuestras patrióticas miradas, cómo su vergüenza les hace bajar la cabeza ante la majestad de nuestro puro españolismo sin mancha. Enorgullezcámonos, señores, de no haber servido jamás a los franceses, de no habernos contaminado jamás con viles masones y filosofastros, y *digamos con el ángel: Ave María*... Cada cual a su casa que es hora de acostarse. ¡Viva la Constitución y el *lord* y Fernando VII! (*Tumulto y extraordinaria sensación, acompañada de sonoros bramidos y vocablos que no lleva en sus blancas páginas el Diccionario por miedo a ruborizarse*).

V

Salvador subió tristemente la escalera de la casa acompañado de varias personas que atraídas del ruido y del temor bajaron, y en la meseta donde se abría la puerta del domicilio de su señor tío, recibiole, candil en mano, la esposa de este, que le dijo así:

—No podía ser otra cosa que una barrabasada del sobrino de mi marido. ¡Todo sea por Dios! Este chico tiene la cabeza a las once y está podrido de ella. ¿Te han herido?

—El pueblo de Madrid aborrece este uniforme —gritó Bragas que detrás a poca distancia subía— y no le falta razón.

—Solo a este loco se le ocurre sacar el sable porque le echaron un poco de fango —dijo la señora de Monsalud alumbrando para que pasasen todos a la sala.

Componían aquella noche la tertulia, doña Ambrosia de los Linos y sus dos hijas, una de las cuales, casada poco antes, vivía en el piso tercero del mismo edificio. Ambas eran bastante lindas, principalmente la soltera, que cautivaba por su frescura, por sus vivarachos ojos, por sus rosados carrillos, marcados aquí y allí con vagabundos lunares, y por su gracia en el mirar y la flexible ligereza de su cuerpo, tanto más admirable, cuanto que la muchacha era algo más que medianamente gordita, prometiendo en diversos parajes de su persona, que igualaría con los años a su enorme mamá. También estaba allí don Mauro Requejo que solía ir todas las noches, por ser pariente de la señora de Monsalud, y no tardó en presentarse don Gil Carrascosa.

La señora de Monsalud era una mujer de presencia no vulgar ni desagradable, pero muy gastada y decaída por causas que ignoramos. Durante un matrimonio estéril, que ya contaba trece años, marido y mujer no habían ofrecido al mundo un modelo perfecto de concordia. Repetidas veces se separaron para volverse a juntar; repetidas veces crujieron los palos de las inválidas sillas, y volaron por el aire los platos desportillados, instrumentos unas y otros de la ciega cólera homicida de ambos consortes. Andrés Monsalud era hombre de mala conducta, fatuo, desarreglado, trapisondista, embrollón, aventurero. Serafinita pecaba de caprichosa, holgazana, embustera, y tenía más vanidad que una princesa, gustando mucho de emperifollarse, y sobre todo de aparentar posición y suponer posibles muy superiores a lo que en realidad tenían ella y su marido, pues reunida la fortuna inmueble de entrambos, allá se iba con la nada.

Por último, después de la tragedia de Babilafuente, Serafinita logró atraer a su marido y poner casa en Madrid, y de la noche a la mañana por mediación generosa de un caballero francés dieron a Andrés un regular destino en la Visita de Propios, con lo cual uno y otro estaban tan huecos, que de allí, a tratar a Dios de *tú*, apenas había el canto de una peseta. Su morada, no obstante, era humildísima, porque el sueldo no rayaba, ciertamente, en Potosí; mas Serafinita se esmeraba en aumentar con mil artificiosas combinaciones el lustre y aparato de su casa.

—Puedes respirar tranquilo, sobrino —dijo la señora con bondad—. Descansa y se te dará un vaso de agua para matar el susto.

—No quiero agua —repuso bruscamente el joven, paseándose de largo a largo por la sala—. Tengo que marcharme.

—¡Marcharse! —exclamaron a dúo y con desconsuelo las dos niñas de doña Ambrosia.

—Este joven gusta de pendencias y de derramar sangre —añadió esta—. ¡Cómo se conoce que los franceses le crían a sus pechos!

—Pero al menos —dijo Serafinita—, ¿te quitarás el uniforme?

—Sí, hablad de eso a este babieca —indicó Juan Bragas, que había ido a fondear junto a la más pequeña de las fragatitas de doña Ambrosia—. Es muy gabacho este caballero. Los pocos españoles extraviados que sirven en las banderas de José, están a estas horas con los ojos y el corazón vueltos hacia la madre patria afligida; pero este mi don Quijote botellesco, dice que su honor le obliga a no abandonar a la canalla.

—Hace cosa de seis meses —afirmó Serafinita— habría sido gran locura mostrar siquiera un adarme de españolismo; pero hoy es distinto. Los franceses van de capa caída y buen tonto será quien se embarque con ellos.

—¡Oh, sí, será un idiota! —dijo doña Ambrosia—, aunque lo mejor habría sido no servirles nunca.

—Las circunstancias —añadió Serafinita— obligan a los hombres a sofocar algunas veces su natural impulso y fogosidad patriótica. Ahí está mi marido, que no le hay más español en toda la tierra del garbanzo, y sin embargo viose arrastrado a cierto compadrazgo con los franceses, y aun anduvo con masones y revoltosos, malquisto de todo el mundo. Pero de algo valen los consejos de una mujer prudente. Yo le traje al buen camino, y como mi familia, que no es ninguna familia de tres por un cuarto, ha tenido siempre relaciones con altos personajes, fácil me fue amarrar a mi esposo al pesebre de la Visita de Propios. Diole la plaza un ministro francés; ¿pero tenemos la culpa de que haya sido francés quien primero echó de ver nuestros méritos, o si se quiere, los de mi marido, para todo lo que sea cosa de aritmética en cualquiera oficina?

—Si recibimos un pequeño favor de esa canalla —gritó con vehemencia Bragas—, diéronnos lo nuestro y nada tenemos que agradecerles. Españoles somos, y ahora váyanse con dos mil demonios.

—Lo que hay en esto —dijo don Mauro Requejo, que sombríamente había permanecido en un rincón de la sala, sin hablar hasta entonces—, es que para dar sus destinos a los señores Monsalud y Bragas, fue preciso quitárselos a otros, que pecando de *empecinados*, mortificaban con cuchufletas y versitos a los franceses.

—¡Nadie hay más *empecinado* que yo! —exclamó con furioso arranque de entusiasmo Juan Bragas, saltando en medio de la sala, con gran regocijo de las niñas de doña Ambrosia—. ¡Viva don Juan Martín Díez!

—¡Viva, viva mil años! —repitió Andrés Monsalud, presentándose en la sala, con semblante reposado y satisfecho, sin duda por la vanagloria que el reciente discurso callejero había dejado en su ánimo—. ¡De buena has escapado, sobrinillo! ¡Exponerse a las iras del pueblo español!... Vamos, te perdono; yo también he sido calavera, yo también he sido revoltoso y provocativo y...

—Afrancesado —indicó con malicia doña Ambrosia—. No hay que echársela ahora de apóstol Santiago.

—Un poquillo —repuso Monsalud con turbación—. Pero de arrepentidos se hacen los santos. La prueba de mi sinceridad la tengo hoy en la confianza de mis amigos. Hanme comisionado esta tarde para preparar los festejos...

—¿Para cuando entre don Carlos España? —preguntó la de los Linos.

—Para cuando entre don Juan Martín o lord Wellington... Un arco de triunfo, ¿qué les parece a ustedes? En mi oficina hemos resuelto componer unos versos, y ver si se hace un carrito.

—Ya nos cayó que hacer, amigas mías —dijo con júbilo Serafinita—. Desde mañana pondremos manos a la obra, porque las guirnaldas de rabo de cometa no son cosa que se despache en tres días.

—Y luego mucho de banderitas y escarapelas —dijo una de las muchachas.

—Y será preciso que doce o catorce doncellas tiernas se vistan de ninfas para ir delante del carro cantando el *Velintón*.

—Y como haya alegoría vestiremos a mi sobrino de dios Marte —indicó Monsalud.

El joven soldado dirigió a su tío una mirada de desprecio.

—Estará saladísimo —dijo doña Ambrosia—. Mi esposo y padre de estas dos niñas hizo de Marte cuando la jura del otro Rey, y era una gloria el verle con todo su hermoso cuerpo medio desnudo y un chafarote en la mano... ¡Oh! ustedes no alcanzaron a ver tanta preciosidad.

Don Gil Carrascosa, entrando apresurado en la estancia, saludó a todos con amable cortesanía, especialmente a las niñas.

—¿Pues qué —dijo— todavía está nuestro mozalbete metido dentro de la indigna librea francesa? A estas horas casi todos los españoles que servían a José han desertado. Acabo de ver a dos que se escondieron esta mañana.

—¡Han desertado! —repitió el coro de mujeres.

—Fuera esa casaca, sobrino —gritó Monsalud dirigiendo al hijo de su hermana imperiosa mirada—. ¡Ay! acuérdate de tu madre, a quien no nos atrevimos a dar parte de tu afrancesamiento... Si lo llega a saber, se morirá de pena.

—Te esconderemos aquí —dijo Serafinita— aunque no habrá peligro, pues ellos tienen bastante que hacer para ocuparse de ti.

—En esta casa no —afirmó con aplomo el tío—. Los vándalos conocen el rabioso españolismo mío, y de seguro vendrían a buscarle aquí, acusándome de haberle impulsado a la deserción.

—Pues se puede esconder en mi casa —dijo la mayor de las Linas, que era la casada y tenía su nido en el tercer piso.

—Eso es, que se esconda arriba —repitió con extraordinaria vehemencia la soltera, contemplando al joven Monsalud de tal modo que parecía envolverle con su mirada como en amorosa y blanda nube protectora.

—Sí, en el tercero.

—Yo le cederé mi cuarto y mi cama, y dormiré con mi hermana —añadió la doncella en un segundo arranque de generosidad.

—Francamente, Dominguita, tu esposo está fuera y no me gusta ver a dos muchachas solas en la casa con el dios Marte —objetó doña Ambrosia.

—Pues al sotabanco. Hablaremos al señor Pujitos para que le ceda un rincón.

—Conque, sobrino, vete despojando de tu uniforme.

El soldado, a quien tal proposición ofendía en lo más delicado de su alma, y que estaba a la sazón irritado por la escena de la calle, y además por el impertinente charlar de su tía, contestó con ardor:

—Antes me quitaré el pellejo que el uniforme. Me lo puse por mi voluntad, lo tendré mientras exista el ejército a que pertenezco y la bandera que juramos.

—¿Eres francés?

—No sé lo que soy —repuso con desdén.

—¿Harás armas contra tus paisanos?

—No; pero tampoco abandonaré cobardemente a los que me han dado de comer.

Monsalud tío rompió en estrepitosas risas, acompañado por Bragas, Requejo y Carrascosa.

—Pero, sobrino de todos los demonios, ¿no tienes en mí la norma de tu conducta?

—Si yo le imitara a usted en esto —dijo el joven temblando de indignación— no tendría idea del honor, ni una chispa de vergüenza en mi alma, ni en mi corazón el sentimiento del deber, ni sería digno de que me mirasen los hombres. Adiós. Me voy para siempre de esta casa y de Madrid.

El soldado salió resueltamente. Un poco atontado el tío, bastante aturdida su esposa, no pronunciaron una sola palabra para detenerle.

—Ese muchacho es un insolente —dijo al fin la señora de la casa.

—¡Pobrecito! —murmuró el oficial de la Visita de Propios.

—¡Él se lo pierde! —indicó majestuosamente Serafinita—. Ahora que mandan los españoles he de conseguir para ti una buena vara, Andresito. Serás corregidor de Alcalá, de Ocaña o de Tarancón. Yo había calculado que Salvadorcillo nos acompañaría con un buen momio.

—No se puede sacar partido de ese muchacho.

La niña soltera de doña Ambrosia había llevado el pañuelo a sus picarescos ojos, de súbito humedecidos por ignorada causa.

—¡Pobrecito! —exclamó con zozobra—. Se ha marchado solo. Está expuesto a que le insulten otra vez en la calle. Le darán golpes, le arrojarán lodo, manchándole la frente, el cabello, la boca, los ojos, ¡ay! los ojos, el uniforme...

—Esto parte el corazón. ¡Pobre muchacho! —exclamó la casada—. Alguien debía salir con él.

—¡Qué falta de caridad dejarle salir solito! Si yo fuera hombre...

—La verdad es que puede sucederle alguna cosa mala —dijo Serafinita dando un suspiro.

—Usted que es su amigo —exclamó con ira la doncella volviéndose a Juan Bragas que a su lado estaba— ¿por qué no salió con él para ampararle en caso de un atropello?

—¿Amigo? —dijo con desdén el covachuelo—. No tanto. Conocido y nada más... Nos hablamos alguna vez, paseamos juntos, pero...

—Es usted un mal amigo —gritó la muchacha con voz temblorosa—. ¡Dejarle partir sin compañía!... Esto se llama deslealtad, cobardía.

Juan Bragas se echó a reír.

—Pero...

—Haga usted el favor de no volver a dirigirme la palabra en toda la noche, ni volver a mirarme en su vida, ni estar donde yo esté, ni respirar donde yo respiro, ni ponerse donde yo le vea, ni...

La tertulia fue triste, tristísima. Los hombres viendo que no podían alegrar el ánimo de las dos muchachas, ni el de la señora de la casa, ni sacarles palabras que no fuesen lúgubres como un funeral, pegaron la hebra con doña Ambrosia, y dándole a la lengua sin descanso por espacio de dos horas, azotaron a medio mundo con la piel arrancada al otro medio.

VI

En la mañana del día que siguió a estos sucesos salieron los pocos franceses que quedaban en Madrid. Les mandaba el general Hugo y llevaban consigo convoy tan inmenso, que al verlo creeríase que en la capital de la monarquía no quedaba un alfiler. Desde muchos días antes habían sido embargados cuantos coches y carros y calesas rodaban por las calles de la villa, y casi toda la servidumbre se ocupaba en el embalaje de las diversas riquezas que José y los suyos se habían apropiado. Estos señores hacían buena presa donde quiera que ponían la mano y no eran nada melindrosos ni encogidos para esto del incautarse. Murat despojó la casa de Godoy y el real palacio, y José mandó traer de Toledo, de Valladolid y del Escorial cuanto pudiese ser transportado; esta última circunstancia salvó las piedras del edificio.

Luego que estuvo reunida cantidad fabulosa de cuadros, estatuas, joyas de camarín y sacristía, dejando a las Vírgenes y Santas sin un anillo que ponerse, establecieron cuatro depósitos en Madrid, los cuales fueron el Rosario, San Felipe, doña María de Aragón y San Francisco. Una comisión separó lo sublime de lo bueno, y no siendo fácil llevarlo todo, dispusieron atropelladamente lo primero en cajas, mezclando lo sagrado con lo profano, es decir, las bellas artes con los enseres de la casa y cocina del Rey José y diversos adminículos que este para diferentes fines usaba. Muebles, porcelanas, vajillas, armas, añadiéronse al botín. Considerando que aun después de tanto despojo quedaba en España alguna cosa de todo punto inútil, según ellos, a la ignorancia castellana, echaron mano a las colecciones mineralógicas del gabinete de Historia Natural y embaularon también los depósitos de ingenieros y de artillería y el hidrográfico. De Simancas cargaron con lo más curioso que allí había. Aquella gente, hasta la historia nos quiso quitar.

Una caja en que holgaba un poco el tocador de José (así lo cuenta un testigo ocular) fue rellena con los pedruscos y los minerales de la Historia Natural. Entre una masa enorme de cartas geográficas iba *Nuestra Señora del Pez*; y la *Perla* anidó con una montura fina recamada de plata y oro. Se gastó un monte de claros, y por algunos días las iglesias que servían de depósitos y las galerías del real palacio resonaban cual si en ellas trabajase un regimiento de cíclopes. La tabla del *Pasmo*, que ya se hallaba en pésimo estado, acabose de rajar, y la pintura con las sacudidas y golpes se cuarteaba que era una bendición. ¡Oh divino Jesús! ¡No padeciste más en el Gólgota!

Completaban el convoy las cajas de guerra llenas de dinero en buen oro y buena plata antigua, de aquello que ya no se ve, y seducía entonces con su brillo los ojos de los extranjeros y con su noble son los oídos de todos. No se habían descuidado los franceses en reunir dinero, como gente allegadora y económica, ni menos en llevárselo; que si para limpiar de vicios a la capital hubieran usado de tanta diligencia como para limpiarla de onzas, fuera esta villa un paraíso en la tierra. Con el ejército iban los muchos particulares comprometidos que quisieron seguirles, y entre los carros de oficio, gran número de vehículos con equipajes de empleados altos y bajos. Ofrecían estos desgraciados individuos espectáculo lastimoso. Si algunos llevaban consigo buen acopio de víveres y ropa, otros no cargaban más que lo puesto, y todos lloraban el hogar abandonado, la paz perdida, el honor en duda, lamentándose del gran compromiso en que se veían. Algunos hacían de tripas corazón, prometiéndoselas muy felices en las próximas batallas; pero los más miraban sin engañarse la realidad del molesto viaje y después la emigración, el general desprecio y la pérdida de la hacienda.

Desfilaron los carros por el camino de Segovia, pues Hugo quería pasar la sierra por Guadarrama, y aquella culebra rastrera formada por interminable fila de vehículos, que de lejos parecían vértebras articuladas, desapareció en la noche del 27 de mayo, dejando a Madrid en poder de los guerrilleros que al instante lo ocuparon y tras ellos las autoridades españolas. De esta manera y con este despojo la capital de España dejó para siempre de ser francesa.

No seguiremos al general Hugo y su convoy en todo su viaje hasta que en los campos de Vitoria perdieron los franceses gran parte de lo mucho que habían cogido. Bastantes apurillos pasó en Cuéllar y en Tudela de Duero; pero al fin logró unirse al grueso del ejército francés en Valladolid.

Reunidos todos, la continua amenaza de las divisiones aliadas les hizo muy penoso el camino desde Valladolid a Burgos. Aquí no pudieron resistir mucho tiempo, y sin gran prisa se dirigieron a Vitoria por Miranda confiados en que Wellington no les molestaría del lado allá del Ebro; pero tan admirable combinación de movimientos había hecho el inglés que cuando los franceses pasaron el gran río, lo pasaban también los aliados por diferentes puntos, y ambos enemigos se encontraban frente a frente en las montañas de Álava y Vizcaya. Apretó Bonaparte el paso juntando a los suyos para que desperdigados aquí y allí no fueran batidos al pormenor, y el 19 de junio llegó a la Puebla de Arganzón, donde es fuerza que quitemos la vista del Rey y de su ejército para fijarla en una sola persona, que por ahora y mientras vengan sucesos estupendos en la esfera de la historia, ha de llevar en estas líneas la preferencia.

¡Y por qué no! ¡Por qué hemos de ver la historia en los bárbaros fusilazos de algunos millares de hombres que se mueven como máquinas a impulsos de una ambición superior, y no hemos de verla en las ideas y en los sentimientos de ese joven oscuro! ¡Si en la historia no hubiera más que batallas; si sus únicos actores fueran las celebridades personales, cuán pequeña sería! Está en el vivir lento y casi siempre doloroso de la sociedad, en lo que hacen todos y en lo que hace cada uno. En ella nada es indigno de la narración, así como en la naturaleza no es menos digno de estudio el olvidado insecto que la inconmensurable arquitectura de los mundos.

Los libros que forman la capa papirácea de este siglo, como dijo un sabio, nos vuelven locos con su mucho hablar de los grandes hombres, de si hicieron esto o lo otro, o dijeron tal o cual cosa. Sabemos por ellos las acciones culminantes, que siempre son batallas, carnicerías horrendas, o empalagosos cuentos de reyes y dinastías, que preocupan al mundo con sus riñas o con sus casamientos; y entretanto la vida interna permanece oscura, olvidada, sepultada. Reposa la sociedad en el inmenso osario sin letreros ni cruces ni signo alguno: de las personas no hay memoria, y solo tienen estatuas y cenotafios los vanos personajes... Pero la posteridad quiere registrarlo todo; excava, revuelve, escudriña, interroga los olvidados huesos sin nombre; no se contenta con saber de memoria todas las picardías de los inmortales desde César hasta Napoleón; y deseando ahondar lo pasado quiere hacer revivir ante sí a otros grandes actores del drama de la vida, a aquellos para quienes todas las lenguas tienen un vago nombre, y la nuestra llama *Fulano* y *Mengano*.

VII

Olvídese la importuna digresión, y sepan los que en ello tuvieren interés, que antes que el ejército de José pasase el Ebro, llegaron a la Puebla de Arganzón las tropas de una división que custodiaba parte del convoy. Fue esto, si no mienten las noticias que con pretensiones de verídicas se me han dado, hacia el 16 o 18 de junio. El gran convoy venía detrás. Los carros del pequeño detuviéronse en el camino a las inmediaciones del pueblo, y las tropas repartiéronse por las casas y caseríos para allegar víveres. En las inmediaciones de la villa veíanse grandes masas de soldados: aquí artillería, allá columnas que iban de un lado para otro; en lo más apartado la impedimenta, y largas filas de vehículos, que después de breve descanso debían seguir adelante.

La Puebla de Arganzón, como lugar campestre, había dejado las ociosas plumas, y aunque de por sí no fuese aquella villa madrugadora, despertola el rumor de tanta tropa y de los tambores sin cesar batidos, confundiendo su ronco son con el cantar de los gallos que en todos los corrales entonaban su alegre grito de alerta. Veíase a los honrados habitantes salir de sus casas y juntarse en corrillos. Los ancianos preguntaban si se había ganado ya la batalla y advertidos de que no, quejábanse de la mucha tardanza en arremeter, propia de los tiempos nuevos, asegurando que en otra ocasión ya estaría todo despachado y el asunto resuelto. Las mujeres corrían de casa en casa pidiéndose provisiones para esconderlas, pues los franceses que en número tan considerable rodeaban el pueblo reclamarían pronto lo que no se habían llevado los guerrilleros el día anterior.

En las tabernas los taberneros no tenían manos para tanto despacho y muy alborozados escanciaban a los franceses, pues en esto del vender y ganar dinero no hay naciones: ellos quisieran tener un Océano de aguardiente y vino, que junto con algunas pipas de linfa del Zadorra les hubiera hecho millonarios en un par de años de guerra.

Un joven sargento avanzaba solo por las calles de la Puebla, evitando al parecer la compañía de sus camaradas franceses, y más aún la vista de los habitantes de la villa. Así es que cuando veía un grupo en la puerta de una casa se apartaba tomando distinto camino.

—¿No es aquella la cara de Salvadorcillo Monsalud, el hijo de la señora Fermina la de Pipaón? —decía una mujer viéndole pasar.

—Parece que es aquélla su cara; pero no su cuerpo; que es cuerpo y uniforme de francés el que ha pasado.

—Adelantadas estáis —decía un tercero—. ¿Pero no sabéis que Salvadorcillo Monsalud, engañifado por su tío, ha sentado plaza en la guardia del rey José?

—Cierto es, aunque no lo participó a su madre por vergüenza; y cuando la señora Fermina lo supo, estuvo llorando tres días, y aún no lo quería creer, siendo tal su pesadumbre por esta traición de Salvador, que la buena mujer dice que más quería verlo muerto que sirviendo a los franceses.

—Y tiene razón. ¿Mas para qué dejó que el muchacho fuese a Madrid donde todo es corruptela y picardía? —dijo un personaje a quien todos oían con respeto, y que era, si nuestras noticias no son falsas, el boticario del lugar—. Pero esto pasa a todos los muchachos que no tienen padre, o mejor, a aquellos que han nacido del pecado y de unión nefanda, como ese diablillo de Salvador Monsalud, que no se sabe de qué tronco vino, ni de cuál cepa sacó doña Fermina este mal sarmiento.

El jurado se detuvo ante una casa de aspecto humilde, en cuya puerta no se veía persona alguna. Miró a las ventanas, y las vio cerradas. Un gallo cantaba dentro, y dos o tres gallinas salieron a la calle sacudiendo sus plumas y picoteando el suelo, no tardando en aparecer tras ellas el gallardo esposo. Poco después un gato asomó por la puerta entreabierta y se detuvo sobre el umbral, relamiéndose con placentera satisfacción los largos bigotes. El joven contempló un instante con interés profundo a aquellos seres, y se acercó para entrar, desalojando al gato, que asustado corrió hacia dentro. Las gallinas y el gallo, sobresaltándose también y cambiando algunas cacareadas frases, huyeron por la calle adelante.

Monsalud se asomó por el hueco de la entornada puerta. La emoción de su alma era tan viva que le temblaban las manos al ponerlas sobre las viejas tablas y los mohosos clavos; apenas podía sostenerse en pie a causa del desmayo de su cuerpo y de la flojedad nerviosa que experimentaba. Miró hacia dentro: veíase un patio pequeño y en el fondo una habitación oscura dentro de la cual se distinguían los maderos de un telar. Monsalud contempló durante un rato aquel humilde interior, y copiosas lágrimas se agolparon a sus ojos.

De repente una mujer de edad madura apareció en la habitación del telar, moviendo los trastos de un lado para otro y barriendo después. Volvíase de vez en cuando hacia un sitio donde debía de estar otra persona con quien hablaba, a juzgar por sus gestos expresivos. Junto a la mujer apareció luego un perro, que saltando y enredando entre sus pies la estorbaba en su faena, recibiendo un ligero escobazo que lo decidió a salir al patio.

Salvador, que se había detenido en la puerta para gozar en silencio y a solas por un instante del inefable sentimiento que llenaba su alma y para regocijar su imaginación con la idea del contento que su madre recibiría al verle, no pudo por más tiempo refrenar su impaciencia y empujó suavemente la puerta.

—No me espera —dijo para sí oprimiéndose el corazón que parecía querer saltársele del pecho—. ¡La pobrecita se sorprenderá y se alegrará tanto...! Este momento vale por todas las pesadumbres que ha padecido durante mi ausencia.

La puerta rechinó, y el perro fue saltando y gruñendo amorosamente al encuentro de Salvador. Este se precipitó en el interior de la casa. Doña Fermina mirando hacia el patio muy sobresaltada, vio al joven que hacia ella corría con los brazos abiertos, diciendo: «¡Madre, madre, aquí estoy!» La buena mujer abalanzose a recibirle con expresión de frenético contento;

mas al tocarle con sus manos y al verle casi en sus brazos, su semblante se alteró de súbito, lanzó una exclamación de espanto, y cerrando los ojos y echando la cabeza atrás, cual si descargase sobre ella el rayo de instantánea muerte, cayó sin sentido al suelo. Sus labios contraídos apenas pronunciaron esta frase, empezada con ardiente cariño y concluida con terror:

—¡Hijo mío!... ¡¡francés!!

VIII

El militar, aturdido por tan inesperado como funesto accidente y no comprendiendo bien lo que había oído, creyó que la excesiva alegría la había desconcertado; mas antes de acudir a los remedios que el paroxismo reclamaba, hincose en tierra, y besando y abrazando a su madre, la llamó con los nombres más tiernos y afectuosos, seguro de que su voz la despertaría. Salvador no había visto aún a otra mujer que en la estancia estaba: era una vieja flaca y amarillenta, de ojos ardientes y vivos como ascuas, descarnadas y picudas manos, una de las cuales oprimía el puño de un bastón negro, mientras la otra se alzaba acompasadamente a la altura de la cara, para servir de signo visible y movible a su extraño lenguaje. No la vio Monsalud hasta que se acercó a él, y poniéndole los cinco amarillos palitroques de su mano sobre la pechera del uniforme, le dijo con terrible ironía:

—Acábala de matar, verdugo, acaba de matar a tu santa y buena madre.

Salvador miró a la vieja, y aunque de antiguo la conocía, su triste aspecto y la áspera y desapacible voz produjéronle impresión muy extraña, especie de frío intenso y doloroso en el corazón, cual si con una aguja se lo atravesasen, erizamiento nervioso y acritud en los dientes, como lo que se siente al contacto de las cosas agrias y heladas.

—Por Dios, doña Perpetua, dígame usted ¿qué tiene mi madre? —exclamó el joven—. ¿Está mala?

—¿Eres tú la causa y lo preguntas? —añadió la vieja, poniendo su mano sobre la frente de la desmayada.

Luego paseando sus dedos por la pechera del levitón de Salvador, y tentando la botonadura adornada con águilas, y metiéndolos después entre la lana del sombrero y deslizándolos por las carrilleras de cobre, dijo:

—¡Traes sobre ti esta infernal vestimenta francesa, y preguntas lo que tiene tu madre! ¡Pobre Ferminita! ¡Se resistía a creer tan grande infamia en el hijo que llevó en sus entrañas y crió a sus pechos! ¡Pedía a Dios fervorosamente que no fuese verdad lo que le habían dicho; su alma se consumía en hondas tristezas, y sin consuelo pasaba las noches llorando tanta afrenta! La muerte del hijo que perece en los campos de batalla destroza el corazón, pero no afrenta; la traición del hijo desvergonzado que comete la infamia de pasarse al enemigo, es el más vivo de los dolores de una madre española.

—Usted está loca, madre Perpetua —dijo Monsalud rechazando a la vieja con desdén—. Mi madre es una mujer sencilla: ya comprendo todo. usted y el cura le han trastornado el juicio con eso de traiciones y afrentas. Honrado soy. Mi buena madre no me aborrecerá por lo que he hecho.

—¡Monstruo! —gritó la vieja agitando el palo—. Huye de aquí. Vete con esos herejes que te han catequizado: vete con Satanás que es tu amo; vete al negro infierno que es tu casa. Deja a esta santa mártir que ya te ha llorado como perdido para siempre. No eres su hijo: tú no puedes haber nacido en esta casa, ni en este honrado país... Vete, vete, hereje, judío; mas ¿qué digo? ¡francés!

El apostrofado miró a la vieja; mas sin acobardarse siguió esta vituperándole con la firmeza y el aplomo de quien tiene la seguridad de ser respetada. Vestía doña Perpetua el traje de las antiguas dueñas, con toca blanca rizada y limpia, manto y saya negros, pendiente de la cintura un luengo rosario y del pecho cruz de madera sencilla. A pesar de los muchos años, su talle era derecho y apenas se encorvaba un poco al andar. Indudablemente había en el aquilino perfil de la vieja cierta energía majestuosa que hacía recordar, a quien las hubiese visto, las rigurosas y ceñudas sibilas creadas por la inspiración artística. Acartonada y seca no tenía la repugnante escualidez con que nos pintan a las brujas. Expresábase con vigor y hasta con elocuencia, y su voz retumbaba en los oídos como una campana de mucho uso, mas no rota todavía.

Para que nuestros lectores no carezcan de todas las noticias necesarias respecto a tan singular tipo, les diremos que la madre doña Perpetua tenía cien años cabales, no hallándose ciertamente en proporción su acabamiento con su mucha edad, que a la vista no parecía exceder de los setenta. Era una doncella secular nacida en la Puebla de Arganzón a poco de establecerse en España Felipe V, y que nunca había salido de aquel pueblo. Dedicose desde su juventud a obras piadosas, mas sin aficionarse al claustro: gustaba de la independencia y de andar de casa en casa comadreando, y trayendo y llevando noticias, dichos e ideas, libando aquí y melificando allá cual las abejas. Así creció y fue echando días y años como el siglo, y pasaron ante ella tres generaciones de pueblos y tres generaciones de reyes y veinte guerras, y ella pasó de un siglo a otro como quien atraviesa una puerta para pasar de la sala a la alcoba.

Su vida austera y los buenos consejos que daba para reconciliar matrimonios y dirimir contiendas y transigir desavenencias y acomodar caracteres, juntamente con su buena manderecha para establecer la concordia en todas partes, diéronle gran reputación en la villa. Respetábanla mucho, y cuando abría la boca, *conticuere omnes*. Como era tan larga su vida y había visto tanto bueno y tanto malo y tenía mucha experiencia de las cosas físicas y morales, tomábanla todos por consejera. Sabía curar males de varias clases, y conocía mil salutíferas hierbas y untos, además de toda la farmacopea casera, mezclando en hórrido caos la medicina y la religión, lo terapéutico y lo supersticioso. Enciclopedia del alma y del cuerpo, reunía todo el saber y todo el sentir de su país en aquella época.

Rezaba por todos los muertos y reía por todos los nacidos. No había bautizo, ni duelo, ni boda a que no asistiese, disfrutando de lo mejor del festín, cuando lo había. Sabía contar especies diversas de cuentos interesantes, algunos heroicos, muchos de pícaros tahúres y guapos, y los más de devoción o de brujerías, males de ojo, miedos y otras cosas divertidas que embobaban a los chicos y a las mujeres. Ningún asunto doméstico o social o religioso tenía para ella secretos, y era la ciencia suma en teología de aldea, en economía al pormenor, en culinaria y en filosofía burda.

Doña Fermina a los pocos minutos, comenzó a querer volver de su síncope. La vieja había traído agua en una escudilla y le rociaba el rostro diciendo:

—Ya vuelve en sí; aunque para ver lo que tiene delante, más valiera que sus ojos no se abrieran jamás a la luz. Vete, te digo, tu madre te llora muerto; no turbes la paz de su alma poniéndotele delante en esa forma aborrecible.

Monsalud sin escuchar a doña Perpetua, alzaba a su madre del suelo y cuidadosamente la sentó en su sillón. Sosteniendo con sus manos la cabeza de la infeliz mujer, le decía:

—Madre, soy yo, soy Salvador, el mismo de siempre, el hijo querido. ¿Por qué se ha asustado usted al verme? El vestido no hace al hombre.

Doña Fermina, viendo el rostro de su hijo cerca de sí, le dio mil besos amorosos; mas después apartó la cara y extendió los brazos para rechazar al joven.

—¡Mi hijo... Francés!... —repitió con el mismo tono de angustia y terror...—. ¡Ese traje!... ¡Era verdad!

—¡Y el muy bribón se empeña en seguir aquí atormentándote, Ferminita! —exclamó con desabrimiento la vieja—. ¿Hase visto desvergüenza semejante?

—¿Qué delito he cometido? —dijo Monsalud con viva congoja estrechando entre las suyas las heladas manos de su madre, y de rodillas ante ella—. ¿Qué habré yo hecho para que usted se desmaye, madre, cuando me ve, y esta buena mujer me manda huir?

—¿Qué has hecho? —repitió la madre con estupor—. ¡Te has pasado a los franceses, estás maldito de Dios y de los hombres, tocado de herejía y perdida para siempre tu alma y contaminada yo también por haberte parido y criado!

—¡Qué horribles palabras y qué espantosa idea! —exclamó el joven procurando reír, pero con el alma destrozada de vergüenza y dolor—. ¿Tantos males ocasiona este capote que llevo? ¡Oh! madre querida, yo conocí que hacía mal, yo resistí, conociendo que era una falta servir a los enemigos de mi patria; pero me moría de hambre, y además mi tío tenía mucho empeño en que yo sirviera a los franceses. Una vez dado este paso, ya no puedo volver atrás, porque el honor me prohíbe vender a los que me han dado un pedazo de pan para vivir y una espada para que los defienda. Si por esto he perdido el amor de mi madre, de la única persona que en el mundo me ha querido, de la que me dio la vida, de aquella a quien he consagrado siempre la mía, será porque algunos malintencionados habrán emponzoñado su alma con bajos sentimientos.

—No, yo te amo siempre —dijo doña Fermina, no pudiendo resistir el ansia vivísima de besar a su hijo y regar con ardientes lágrimas sus mejillas, aunque doña Perpetua extendía a menudo entre los dos sus manos de cartón—; yo siempre te quiero, pero he hecho juramento ante Dios de no admitirte bajo este techo ni darte mi bendición, ni llamarte hijo, si no abjuras tus errores y maldices tus banderas infernales y reniegas de ese vil Rey y tornas a la patria y al deber... Mi conciencia me exigió este juramento y lo he prestado por consejo de respetables personas a quienes debo consuelos tiernísimos en esta última y tan amarga desventura que ha caído sobre mí.

El joven, cubriendo con ambas manos su rostro, lloró; mas de súbito estalló una violenta indignación en su alma, y apartándose de las dos mujeres, púsose en el centro de la pieza.

—Mi honor —gritó con voz alterada y resuelta— me impide desertar; pero si pierdo el amor de mi madre, y se me arroja de mi casa porque no quiero ser desleal y perjuro, no quiero vivir. Aquí tengo una espada —añadió desenvainándola—, y no me falta valor para atravesarme con ella el corazón.

Doña Fermina se arrojó llorando en brazos de su hijo. La mujer secular permanecía silenciosa, fría, clavada en su silla, contemplando la patética escena como una estatua de cartón que dentro de su pasta encolada tuviera un alma observadora. Sus ojos negros clavábanse en el joven con fijeza aterradora.

En aquel instante entró un nuevo personaje. Era un anciano fornido y alto, de rostro sanguíneo, duro y tosco, mas no desagradable por cierto, mirar franco y campechano que le animaba y hasta le embellecía. Su cabeza calva, apenas se exornaba económicamente con un cerquillo de blancos pelos esporádicos sobre las sienes y en el occipucio y en cuanto a su cuerpo era bravío, imponente, recio, como de varón hecho a las intemperies, a las luchas con hombres y elementos. Vestía negro traje talar, llevado con desenvoltura y abierto por delante para poder introducir fácilmente las manos en el bolsillo o cuadrarlas en la cintura, como frecuentemente lo hacía aquel hombre, dueño de dos manos enormes, velludas, que sabían llevar el arado, la espada y la hostia. Era don Aparicio Respaldiza, cura de la Puebla de Arganzón.

Mirando al mancebo, más bien con lástima que con rencor, le dijo:

—Ya sabía que estabas aquí, desgraciado. Te hacíamos muerto, muerto con la muerte de la deshonra que deja el cuerpo vivo. El alma se va y queda la vergüenza.

Luego acercándose a doña Fermina, que deshecha en lágrimas, recibía consuelos y caricias de la beata, le dijo:

—¡Señora Fermina, valor!... El sentimiento materno es el más fuerte de todos. No trate usted de vencerlo: al contrario, desahogue su pecho, llore hasta mañana. Este hijo muerto no es quizás perdido para siempre, y puede resucitar, si se abraza a la cruz de la patria. Yo seré el primero que le reciba en mis brazos.

—Y yo —repitió la beata sin que se mostrase en la engrudada máscara de su rostro, compasión, ni alegría, ni sentimiento alguno—. Yo también le abriré mis brazos.

—Hijo mío —dijo doña Fermina poniéndose de rodillas ante Salvador y cruzando las manos—, vuelve en ti; deja esos hábitos infernales, abandona a los que te han seducido, torna a la patria y recibirás la bendición de tu madre y el amor que siempre te he tenido y te tengo a pesar de tu horrible pecado. Hazlo por Jesucristo crucificado, por la religión que te enseñé, por el agua que en el bautismo recibiste, por el pan eucarístico que has recibido en tu cuerpo; hazlo, por mí, por mi honor y buen nombre, que para siempre he perdido en este pueblo, por mi tranquilidad que no recobraré sin ti; hazlo por el señor cura de nuestra aldea que te enseñó los mandamientos y la doctrina y la lectura y la escritura y el latín, con lo poco que sabes; hazlo por la santa doña Perpetua que nos da tan buenos consejos y más de una vez te ha entretenido contándote tan bellas historias; hazlo, en fin, por todos los que te aman en esta villa y en el lugar de Pipaón, donde no sé si por ventura o eterna desdicha mía naciste.

Monsalud, enternecido por voz tan elocuente que agitaba hasta lo más hondo su alma, como la tempestad el Océano, se había sentado en un escabel y con los codos en las rodillas y la cabeza encajada entre las palmas de las manos, lloraba en silencio. El témpano colosal y endurecido de su entereza se deslía poco a poco.

—Y lo que es ahora —dijo el cura para favorecer el deshielo— los franceses van a ser destrozados. ¡Pobrecitos de los que se unan a ellos!

—Bueno —dijo Salvador alzando de repente la cabeza—; déjenme que lo piense. Eso no se puede decidir en un momento: los que estamos acostumbrados a cumplir con nuestro deber, y a obedecer a nuestros superiores...

—No hay ningún superior que tenga sobre ti más autoridad que tu madre —dijo el cura paseándose por la habitación, con las manos a la espalda—; tu madre, personificación viva de la patria, que a todos sus hijos gobierna y dirige.

Doña Fermina corrió a abrazar a su hijo, besándole cariñosamente en la frente y en las mejillas.

—Querido niño mío —le dijo—, veo que estos dos excelentes amigos te van convenciendo. Dejarás a esos perros franceses, devolviéndome la tranquilidad y poniéndome en paz con mi conciencia y con Dios. Siéntate, descansa; te esconderemos para que no puedan verte los vecinos con ese endiablado uniforme...

—Es una imprudencia que le tengas en tu casa mientras de todo en todo no se convierta —dijo la santa con severidad.

—¿Y qué importa? —repuso doña Fermina ofendida de la intolerancia de su consejera—. Mi hijo está arrepentido. El pobrecito estará hambriento y fatigado. Lo primero es que tenga salud.

—Puede quedarse —afirmó el cura, menos celoso que la beata—. Salvador es un buen muchacho... ha dicho que lo pensaría... Tiene buen natural y mucha inteligencia... y sobre todo, el deber le ordena servir a la patria. Aquí donde me ves —añadió deteniéndose en medio de la estancia en actitud marcial—, estoy disponiéndome para salir por ahí con otros amigos... Ya sabes que mi puntería es la mejor de toda la tierra de Álava. Hemos decidido organizar una partidilla, para auxiliar a las de Longa. ¿Qué te parece mi proyecto? ¡Oh, admirable! Los hombres se deben a su patria, y es preciso que nosotros, los que estamos en cierta jerarquía demos el ejemplo a los demás... La ocasión es solemne, y ningún español puede permanecer en su casa: Wellington está cerca y es preciso ayudarle. ¿Qué tal? ¿Te animas? Yo no espero sino a que venga de Peñacerrada don Fernando Garrote, que es hombre muy entendido en guerras, para partir con él... Serás un buen escopetero, Salvador.

—Siéntate, hijo —indicó la madre, observando que el joven no se entusiasmaba excesivamente con el bélico ardor de Respaldiza—. Voy a aderezar algo de comida. Estarás muerto.

—No tengo ganas de comer —respondió el mozo, profundamente abstraído.

La madre le miró con desconsuelo, viendo sin duda en su abatimiento pensativo la señal de nuevas vacilaciones.

—He dicho que lo pensaría, ¿no es eso? —murmuró Monsalud sin pensar en comer—. Pues bien, lo pensaré... Déjenme pensarlo todo el día... Es cosa grave... El convoy que he custodiado y que lleva el general Maucune, sale ahora mismo; pero yo no saldré hasta mañana con el convoy grande.

La madre y los dos amigos permanecieron mudos, y sin pestañear le observaron. Luego abrazó el hijo a la madre, y sonriendo dijo:

—Volveré más tarde.

Cuando salió de la habitación, la vieja se expresó así:

—¡Perdido, perdido para siempre!

Más optimista y generoso el cura, tranquilizó a la afligida madre, diciendo:

—Es nuestro.

IX

Para mayor claridad de sucesos que han de venir, Dios mediante, no estará de más referir algunos antecedentes relativos a las principales personas de esta historia. Era doña Fermina natural de Pipaón y rama del tronco de una honradísima e hidalga familia; mas Dios quiso que en ella y su hermano tuviese fin el lustre de su casa, pues quedando huérfanos en edad temprana, mientras él derrochaba en Madrid toda la fortuna paterna, sufrió ella una desgracia irreparable que por siempre la condenó a la oscuridad y a la vergüenza, con lo cual acabó para el mundo, y en el olvido quedaron las nobles prendas de su alma y superior mérito.

Una herencia de poquísimo valor y un pleito enfadoso la obligaron a establecerse en la Puebla en 1811. Vivía allí con modestia y muy retirada; pero la trataban algunas personas, y entre ellas asiduamente doña Perpetua y el cura, que bien pronto ejercieron en su ánimo grande influencia, convidándoles a ello la gran sencillez y bondad de la piadosa mujer. Doña Fermina no era vieja aún; pero habíala desfigurado la negra tristeza que en todos tiempos llenaba su alma, y finalmente el pesar por la ausencia de su hijo. Los amores de este con cierta joven de la villa, y sus cuestiones y disputas con otro muchacho, hijo de acomodados padres, obligaron a doña Fermina a enviarle a Madrid, donde hizo lo que ya sabemos, y se entregó en cuerpo y alma a los franceses.

Después de la conferencia antes referida, salió Monsalud a la calle, y vagó por las principales del lugar, tan ocupado por sus pensamientos que a nada atendía, ni paró la atención en la mucha gente que le miraba. Su entereza había sido muy quebrantada por la lastimosa escena de la mañana, y la deserción que antes le parecía un hecho deshonroso, contra el cual a voces protestara su pura conciencia, se le representaba al fin no solo como natural, sino como en alto grado laudable y meritorio. El grande amor que a su madre tenía, y el prestigio de las dos religiosísimas personas de que se ha hecho mención, habían trastornado sus ideas, abierto nuevas vías a su pensamiento, y cambiado el modo de ver las cosas de la vida y especialmente de la guerra.

—Es indudable —dijo para sí— que el deber que hacia mi patria tengo anula todos los demás deberes... Al nacer contraje con mi patria el compromiso tácito de defenderla, y este compromiso anula también todos los juramentos posteriores... Váyanse los franceses con doscientos mil demonios... Pero una conciencia honrada ¿puede consentir el abandono traidor de los que nos han hecho un beneficio, y el hacer armas contra ellos, aunque sea en las filas de la patria? No, en caso de desertar renunciaré a mis grados militares, romperé mis charreteras y dejando a los franceses, me retiraré a mi casa resuelto a no volver a tomar un fusil en la mano.

Así discurría, balanceando su voluntad de un lado para otro, pero inclinándose más del lado de la deserción. Al fin sus pensamientos tomaron vuelo por distintos espacios, y puso en olvido a franceses y españoles: en aquel mar agitado de sus ideas sobrenadó lo que sobrenada siempre, y todo lo demás se fue al fondo. Mirando las verdes copas de unos árboles que se elevaban sobre los tapiales viejos de una huerta entre irregulares tejados, dijo hablando consigo mismo:

—¿Estás ahí, Genara? Todo sigue lo mismo, árboles, casa, cielo y tierra, el aire y el Sol, y lo mismo también mi corazón, que antes dejará de latir que de quererte.

Los redobles de tambor que sonaron en las inmediaciones del pueblo le obligaron a seguir adelante.

—Como la división no se pone en marcha hasta mañana temprano —dijo— tengo tiempo de pensar lo que debo hacer; vamos al campamento y esta noche... Esta noche veré a Genara aunque me sea preciso degollar a su madrastra y ahorcar a su abuelo.

Pensándolo así, fue al campamento llamado por su obligación; mas nada le ocurrió en él digno de contarse, por lo cual apresuramos la narración, acortando el día y transportando a nuestros lectores a la apacible y oscura noche, cuando Monsalud dirigiose solo y con el alma llena de ansiedades entre dulces y dolorosas, a aquellos mismos tapiales de tierra que por la mañana vimos, descollando sobre ellos la frondosa arboleda de una huerta. Llegó el joven y reconocidos los contornos para ver si alguien le observaba, cerciorado al fin de que en las callejas contiguas no había curiosos ni rondadores, tomó una piedrecilla y la arrojó contra la única ventana de la casa que a la huerta daba. Luego articuló hábilmente unos silbidos que parecían el canto de un pájaro nocturno; mas ninguna señal de la casa contestó a su extraña música hasta la tercera repetición.

Abriose al fin la ventana, pero no conociendo Salvador la persona que en el oscuro hueco apareciera y receloso de que fuera el suspicaz abuelo o la vigilante madrastra, calló y ocultose en las densas sombras que proyectaban las cercanas paredes. Poco después creyó sentir pasos en la huerta y el tenue ruido de las matas que se rozaban unas con otras, apartándose para dar paso a un vestido. Acercose entonces muy quedito a la empalizada que tapaba la entrada de la huerta, y que en sus tablas carcomidas tenía grietas, agujeros y hendiduras suficientes para dar paso libre a la palabra durante la noche y aun a la vista durante el día. El joven conocía aquellos viejos maderos, la disposición de sus huequecillos y claros como se conoce el traje que se ha usado muchos años. Al pegarse a ellos su corazón más que su oído le dio a entender que por dentro suspiraba una persona.

—Generosa —dijo aplicando los labios a una juntura por donde difícilmente podía pasar un dedo.

—Salvador —repuso desde el contrario lado una dulce y conmovida voz como gemido del viento entre las hojas—. ¿Eres tú?

—Aquí estoy, siempre tuyo, siempre queriéndote, muriéndome, Genara, por ti —dijo Monsalud oprimiendo su cuerpo contra las frías y duras tablas—. Dime si me has olvidado, si quieres a otro. Genara, estás aquí y no puedo verte. ¡Maldita noche!... ¿Me has olvidado? ¿Me quieres todavía?

—Sí —repuso desde dentro la dulce voz—, te quiero. ¿Por qué has estado tanto tiempo sin escribirme? ¡Cuánto me has hecho llorar!

—Genara —exclamó el joven apoyando su frente abrasada sobre la madera—, mete tus deditos por esta rendija de la derecha.

Dos blancos dedos aparecieron por la rendija, moviéndose como dos culebritas. Monsalud, después de imprimir en ellos amorosos besos los estrujó entre sus manos, hasta que la muchacha los retiró diciendo:

—Me lastimas, Salvador.

—Genara, soy muy desgraciado, soy el más infeliz de los hombres. Déjame que te vea, pues viéndote, aunque sea un momento, me será menos penosa la vida.

—¿Por qué eres desgraciado?

—¿Por qué...? —repuso el joven vacilando—, porque no te veo, porque tu abuelo y tu madrastra no quieren que seas para mí... Genara, por Dios, rompamos estas tablas.

—¿Estás loco? Deja las tablas como están y hablemos. Aún no sé si podré estar aquí mucho tiempo.

—¿Los de tu casa duermen?

—Sí; pero mi abuelo tiene el sueño muy ligero, y como todos hemos de madrugar mañana para ir a Vitoria, se ha acostado vestido, y al menor ruido, Salvador, saldría como un león.

—¿Te vas a Vitoria?

—Sí, el abuelo teme que los franceses destruyan esta villa. Allá estamos más seguros... ¿Irás tú por allá?

—Tal vez.

—Pero no me has dicho las causas de tu desgracia. Yo también soy desgraciada. Tengo un pesar que me destroza el alma. ¿Sabes por qué? Porque te quiero, Salvador —dijo la muchacha con acento quejumbroso—, porque te quiero mucho, porque desde hace dos años, desde que tú y tu madre vinisteis a estableceros en esta villa, te estoy queriendo.

—¿Lloras, Genara? —preguntó Monsalud, oyendo los sollozos de su amiga.

—Sí, lloro... Pero de ti depende que me muera de dolor o que sea muy feliz. Respóndeme.

—¿A qué?

—Salvador, Salvador de mi alma, en la Puebla se ha dicho que te habías pasado a los franceses. Hoy mismo dijo mi abuelo que estabas entre los vándalos que llegaron anoche. Yo no he querido creerlo, se me ha resistido creerlo: dime si es verdad, dime si te has pasado a los franceses; y si es cierto, Salvador, no volverás a oír una palabra de mi boca, ni me verás. Genara ha muerto para ti. Genara te aborrece.

Monsalud se quedó yerto y frío y sin habla. Helado sudor corría por su frente.

—Genara —dijo haciendo un esfuerzo para traer la palabra de su agitado corazón a sus trémulos labios—, ¿por qué has de tomar tan a pechos...?

—Contéstame pronto —repitió la voz.

El joven vaciló un momento y después dijo:

—Pues bien; es mentira.

—¡Salvador, has dicho que es mentira! —exclamó Genara alzando la voz—. ¡Bendita sea tu boca! ¡Bendita sea tu alma! Todo mentira; invenciones de la gente, envidia también de tus buenas prendas.

—Invenciones, envidia —repitió sordamente Salvador.

—Pues tú me lo dices, lo creo —dijo la muchacha—. Nunca me has dicho sino la verdad. No sé de dónde ha sacado la gente tal noticiota. Dijeron que te habían visto hoy por el pueblo, vestido con un uniforme verde y un sombrero de piel.

Monsalud calló.

—Hace un momento, Salvador mío, me quedé dormida; soñé primero con tu uniforme verde y tu sombrero de piel, adornado con un águila dorada.

¡Me causabas horror! A pesar de tanto como te he querido, viéndote de aquel modo me parecías el más horrible, el más espantoso de los hombres.

Salvador sentía en su garganta un cerco de hierro que le ahogaba. Era la gola con la insignia imperial. Bajando hasta su pecho le mordía el corazón, y el águila majestuosa que exornaba su frente no le hubiera quemado el cerebro con más violencia, si fuera una llama. El desgraciado joven sentía en su interior una ansiedad semejante a la agonía que precede a la muerte.

—Pero después —prosiguió la joven— tuve otro sueño mejor. Soñé que lo de pasarte a los franceses era mentira, como has dicho, soñé que volvías a la Puebla vestido de paisano, pobre, pero con honra; que volvías después de haber estado combatiendo con los franceses en las filas de Longa, de Pastor o de Mina... ¿Estás de paisano? Cuéntame lo que has hecho durante ausencia tan larga.

—Todo te lo contaré. Pero dime; si yo hubiera cometido la infamia, la deslealtad, la alevosía de servir a los franceses, ¿es cierto que habrías aborrecido al pobre Salvador que lo mismo te quiere hoy que ayer?

—No me lo digas —contestó la joven—. ¿Por qué se quiere a las personas? ¿Por el rostro? No lo creas. Se quiere a las personas por las prendas del alma, por el valor, por la honradez, por la generosidad, por la lealtad, por la dignidad, por la nobleza.

Monsalud no oía estas palabras. Sentíalas en su corazón como saetas que se lo atravesaban de parte a parte.

—El que en una guerra como esta —continuó la joven— da de lado a sus hermanos que están matándose por echar a los franceses; el que ayuda a los enemigos, a esa caterva de herejes, ladrones y borrachos, es un traidor cobarde, un ser despreciable, un Judas. Los perros de España merecen más consideración que el que tal vileza comete. Si tú la cometieras, Salvador, no solo te aborrecería, sino que me mataría la vergüenza de haberte querido.

Monsalud apuró con resignación este cáliz de amargura. Las palabras de la vehemente muchacha, juntamente con el recuerdo de la escena ocurrida en la casa materna, le hicieron comprender la inmensidad del sentimiento patrio. Todo lo que en él había de violentamente salvaje desaparecía ante la grandeza de su lógica. Contra aquello ¿qué podían José ni Napoleón con todos sus ejércitos? Sobre aquel sentimiento, sobre aquel odio de las muchachas a todo el que no fuera patriota, descansaba la inmortalidad nacional, como una montaña sobre sus bases de granito. Monsalud lo vio todo, vio aquel gigante cruel y sublime, salvaje pero grandioso, y se inclinó ante él abrumado, vencido, resignado, comprendiendo su propia miseria y la magnitud aterradora de lo que tenía delante.

—Genara —dijo con voz conmovida—, mete tus deditos por esta rendija. Me muero de dolor; soy el más desgraciado de los hombres.

—¿Por qué? —dijo Genara poniendo su alma en las yemas de los dedos y echándola a la calle—. Yo estoy contenta... ¿Pero Salvador, qué es esto que toco? Un botón de metal, y otro, y otro. ¿Tienes uniforme?

—Me compré un chaquetón en Valladolid, cuando venía para acá —repuso turbado el militar—. Así se usan hoy.

—Salvador, ahora que te has movido, ha sonado contra el suelo una cosa de hierro. Parece un sable.

—¿Pues no te dije que lo tenía? Sí, me lo dieron unos guerrilleros en Nájera.

—¿Has estado con los guerrilleros? —preguntó la joven con entusiasmo—. ¡Y no me lo habías dicho! ¡Oh, con los guerrilleros! ¡Bendígalos Dios!... Salvador, entra tu mano por este agujero grande que hay más arriba... ¿Con que has estado con los guerrilleros?

La mano de Monsalud pasó de la calle al jardín, y el joven sintió sobre ella los labios de la joven, quemándole como ascuas, que se le metían por las venas adentro hasta el mismo corazón.

—Salvadorcillo —dijo la joven, acariciando la mano de su amigo—, ¿esta mano ha matado muchos franceses?

A Monsalud, después del anterior fuego, se le heló la sangre en las venas, al oír esto.

—Siempre que oigo contar hazañas de guerrilleros —prosiguió Genara— me acuerdo de ti. A todos me los figuro como tú, y me parece que nadie puede ganarte en valentía. Sueño con las sangrientas batallas en que perecen muchos franceses. ¡Ay! si yo fuera hombre, no quedaría con vida ni uno solo de esos perros. Cuando voy a la iglesia y oigo al cura contarnos en el púlpito las ventajas de los guerrilleros; cuando vienen a casa los amigos de mi abuelo y hablan de las batallas ganadas por Longa y Mina, no puedo apartar de ti mi pensamiento. Me moriría de felicidad si oyera tu nombre entre tantas maravillas de valor. Los buenos soldados de España se me representan como San Miguel, ángeles armados y hermosos que destrozan al dragón. ¿Eres tú de esos, Salvador; eres tú un San Miguel? —añadía con exaltación admirable—. Dime que sí, y te querré más todavía. Dime que has matado muchos enemigos, que has defendido a España contra esos borrachos del infierno, dime que te has bañado en su sangre maldita y machacado sus horribles cabezas, y te querré más que a mi vida, te querré como a Dios... Nosotros somos Dios, Salvador; nosotros los españoles somos Dios y ellos el demonio, nosotros el Cielo y ellos el Infierno. Así lo dicen el cura y mi abuelo, y tienen mucha razón.

—¡Mucha razón! —repitió Monsalud por decir algo—. Genara, tu exaltación me conmueve. Ahora veo que hay otra religión además de la que está en el catecismo, la religión de la patria. Los hombres la practican y las mujeres la sienten. Si la fe en Dios mueve las montañas, la fe de esa otra religión también las mueve. Con ella el heroísmo y el martirio son cosas fáciles... Genara, yo te juro ante Dios que nos está mirando desde lo más alto del Cielo, que haré todo lo posible para elevarme como tú hasta el último grado en la fe de la madre España. Mis proezas no han sido hasta ahora muy grandes; pero aún hay franceses en la tierra. Soy joven, fuerte, robusto: soy soldado de la patria. Morir por ella y morir por tu amor me parece lo mismo. Genara de mi alma, quiereme mucho.

—Salvador mío, ese es el lenguaje que me gusta oírte —dijo la muchacha—. Estamos en guerra. Todo hombre que no sea guerrero hoy no merece más que desprecio. ¿Te gusta a ti la guerra, Salvador? Di por Dios que sí, dímelo.

—Extraordinariamente, Genara. El corazón que no palpita por estas tres cosas, Dios, la mujer amada y la victoria, no es corazón de español ni de hombre.

Sintiose el suave estallido de algunas tablas. Genara sacudía la empalizada.

—¿Qué haces? —le preguntó Monsalud—. Esto se mueve.

—Salvador, amigo querido de toda mi vida —dijo con pasión la muchacha— ¡Malditas sean estas tablas que nos separan! Empuja un poco de ese lado.

—Se romperán, Genara. Esto no es tan fuerte como parece —indicó el joven con terror.

—Quiero verte —añadió Genara con voz que se ahogaba entre sollozos y suspiros—. Hace tanto tiempo que no te veo... y si ahora te vuelves con los guerrilleros, y tu arrojo te causa la muerte en una acción... No te veré más... ¡Ay! estas condenadas tablas no ceden.

—No —repuso el mancebo tranquilizándose.

—Oye —dijo la doncella con exaltación—, si es tan grande tu empeño por entrar y verme, no es menor el mío. Nada más triste que hablar y no poderse ver las caras. ¿Estás pálido, Salvador, estás tostado del Sol?... Oye lo que me ocurre. Mi abuelo tiene la llave de esta puerta sobre la mesa de su cuarto. Ahora duerme... puedo entrar de puntillas y cogerla. No sentirá nada... Aquí está el candado, hijito... Se abrirá fácilmente... ¿Conque voy por la llave?

X

—Detente —dijo Monsalud, a quien causaba rubor y angustia la idea de que al abrirse la puerta, descubriera Genara por su traje el engaño de su patriotismo y la verdad de su afrancesamiento—. Detente, Generosa, y reflexiona un momento sobre lo que vas a hacer... Te quiero más que a mi vida; te quiero no por egoísmo, sino con verdadero amor que pone por encima de todo el bien de la persona amada. No necesito llave para abrir esta puerta del cielo, Genara: basta un esfuerzo para echarla a tierra; pero no la romperé, no, porque mi propia estimación y sobre todo la tuya me lo prohíbe.

—Dices bien, yo estoy loca —murmuró la muchacha—. Acércate; que sienta yo tu respiración pasando por estas rendijas, Salvador mío. ¿No te marcharás todavía?

Monsalud, fatigado de la farsa que estaba representando y que repugnaba a la dignidad y lealtad de su alma generosa, mas sin deseos de ponerle fin alejándose de la dulce criatura amada, quiso variar de conversación, entablándola sobre un asunto que no tuviera relación con la guerra, ni con los franceses, ni con los guerrilleros.

—Niña mía —dijo—, se me había olvidado un asunto del cual pensé hablarte.

—¿Cuál?

—Durante este tiempo en que no nos hemos visto, he tenido celos, muchos celos. En Madrid me dijeron que querías al hijo de don Fernando Garrote. Recordarás, que cuando éramos novios, él te hacía la corte, que Garrote y yo nos mirábamos con muy malos ojos, que por haber reñido primero de palabra y después de obra, tuve que salir de la Puebla jurándole enemistad eterna. Si después de esto, has tenido la debilidad, no digo de quererle, porque esto me parece imposible, sino de admitir sus galanteos, buscaré a ese fatuo y donde quiera que le encuentre, le mataré.

Contra lo que Monsalud esperaba, Genara no se escandalizó de lo que acababa de oír ni menos contestó a los agravios del mancebo con mimos y lloros, según costumbre tan antigua como el mundo. Oyó él tras los maderos una risita que no le hizo feliz, y después estas palabras.

—¡Qué tonto eres! No hagas caso de eso. Cierto es que Carlos Garrote me hace la corte y quiere casarse conmigo. Me envía regalitos, ramos de flores, va a misa a la misma hora que yo, y algunas veces viene con sus amigos a desgañitarse bajo las rejas de esta casa, acompañado de guitarras y bandurrias.

—Genara, Genara, me estás destrozando el corazón —exclamó el mancebo con fuego—. ¿Por qué te ríes?

—Me río de él. Y no es mal muchacho, Salvador —continuó Genara—. Tiene buen porte, muy bueno, sí, y también excelentes cualidades, solo que no es amable ni delicado como tú, sino brusco, serio, y...

—Y fatuo y vanidoso y soplado —interrumpió Monsalud—. Veo que no te disgusta mi enemigo.

—Ni me gusta, ni me disgusta —dijo la doncella, aplicando su boquita a las hendiduras para que se oyese mejor lo que decía—. Si no le quiero, tampoco desconozco sus buenas cualidades, especialmente el valor grande y temerario que ha mostrado en esta guerra. ¿Qué crees tú? Carlos Navarro, el hijo de don Fernando Garrote, es la admiración de esta villa y el honor de todo el país de Álava. Ha corrido por esos mundos con Longa y Pastor, y todos dicen que no han visto mozo de más arrojo y bravura. ¿Pues y su tino para la guerra? ¿Y su ciencia militar que nadie le ha enseñado? Todo lo sabe, y es al modo de los grandes capitanes, que en un abrir y cerrar de ojos aprenden por completo el arte de pelear. Mi abuelo asegura, que de Carlos Navarro a Alejandro el Grande va menos que el canto de un duro. Hace meses, cuando entró en la Puebla después de haber derrotado a los franceses, todos los habitantes de esta villa salimos, como en procesión, a vitorearle. ¡Qué día, Salvador! Yo me acordaba de ti y hubiera querido que estuvieses aquí para ver tanto entusiasmo. Yo no cabía en mí de puro confusa y exaltada y alegre. No sé lo que pasaba en mi alma cuando vi a Carlos Navarro en su caballo blanco entrar triunfalmente cubierto de guirnaldas de flores, con la espada en la mano y el orgullo de la victoria en los ojos; ¡ay, Salvador! me eché a llorar.

—¡Te echaste a llorar! —dijo Monsalud con un volcán de celos dentro del pecho—. No lo digas delante de mí. Eso es un insulto, Genara... Me estás matando.

Sin añadir más palabras, golpeó con tanta violencia las tablas, que la débil empalizada vaciló. Ocupado por el dolor y los celos, que entre confusiones mil agitaban su alma. Monsalud no advirtió que en el extremo de la calleja donde tan descuidadamente departía con su tormento, había aparecido un hombre; que aquel hombre se había acercado con cautela y puéstose inmóvil y vigilante como a dos varas de la amorosa conferencia. Cuando la empalizada crujió al recibir los golpes de fuera, dio algunos pasos más hacia adelante el que parecía fantasma, y entonces le vio nuestro celoso joven.

Ambos se miraron sin hablar nada, hasta que el desconocido rompió el silencio, diciendo con voz grave:

—¿Qué hace usted aquí?

—Lo que quiero —repuso Monsalud reconociendo al instante la voz de Carlos Navarro, hijo único del célebre y hasta ahora no conocido don Fernando Garrote—. Siga usted su camino, que no me creo obligado a informarle de mi conducta, señor entrometido.

—Ahora veremos quién desfila —dijo el otro sin perder la calma—. Me parece que tengo enfrente a Salvadorcillo Monsalud, el cual marchó a Madrid a servir a los franceses.

—El mismo soy —exclamó el militar con brío— ¿qué quieres de mí, Carlos Navarro?... Supongo que traerás una espada.

—No.

—¿Navaja?

—Tampoco. Vengo sin armas. Si las trajera, no las deshonraría midiéndolas con las de un miserable traidor, con las de un vendido a los franceses.

—¡Navarro! Llevo un uniforme que no es el tuyo —exclamó Salvador con violento coraje—. No lo desprecies. El corazón que va dentro de él no ha cometido ninguna acción villana. Lo mismo puedo matarte con una espada española que con un sable francés.

—¡Vendido!... Deja libre la calle. No reñiré contigo. Cuando me encuentro con un traidor, escupo y paso.

—¡Miserable, cobarde, salteador de caminos! —gritó Monsalud sintiendo culebrear el rayo dentro de sus venas—. Defiéndete, si no quieres que aquí mismo te atraviese y envíe al infierno tu alma perversa.

Monsalud desenvainó el sable. Navarro no hizo movimiento alguno hostil, pero echando atrás el embozo de su capa negra, alargó la mano sin otra arma que una linterna. El espacio que separaba a los dos enemigos se inundó de luz.

En el mismo instante la empalizada, que poco antes se estremecía sacudida con violencia por un hombre, cedió por completo a los esfuerzos de una mujer, y abierta al fin, dio paso a Genara, que pálida como la muerte, fue derecha a ponerse entre los dos jóvenes. Alargando sus brazos podía tocar el pecho del uno y del otro. Lo primero en que se fijaron sus ojos fue en la gallarda persona del renegado, cuyo brillante uniforme reflejaba la luz de la linterna en los relucientes botones de cobre, en el águila, carrilleras, gola y cartera. Genara dio un grito agudísimo, miró a uno y otro galán alternativamente toda acongojada y confusa, como quien no cree lo que ven sus ojos y tocan las propias manos. Monsalud que resuelta y ciegamente iba ya contra su enemigo, detúvose al ver interpuesta a la hermosa joven.

—Este es Monsalud —exclamó ella con perplejidad indescriptible—. Navarro, ¿es este Monsalud?

—Por el uniforme francés se le conoce —respondió el guerrillero.

—¡Francés, francés! —gritó la doncella—. ¡Tú francés... Embustero además de traidor!

—Sí, francés, francés —rugió Salvador—; francés, traidor y embustero y todo lo que quieras; pero vete de aquí y déjame solo con ese hombre.

—¡Virgen María! ¡Señor mío Jesucristo! Asísteme en este trance —murmuró la joven.

Después entró corriendo en el jardín, y desde la empalizada y con voz clara, argentina, sonora, penetrante y exaltada, con voz que no puede definirse, como no puede definirse la pasión extraña que la inspiraba, gritó:

—¡Navarro, mátale, mátale sin piedad!

XI

—Mátale —repitió alejándose la voz, al mismo tiempo dulce y guerrera— mátale por traidor y embustero.

Monsalud al oírla, sintió en su corazón frío de muerte; sintiose cobarde, zumbó en su cerebro la sangre inflamada; su brazo era un estropajo inerte que apenas podía mover el sable, aquel hierro, trocado en caña inútil por la súbita congoja del alma... El universo entero se le había caído encima.

—No tengo armas —dijo Navarro sin dar un paso hacia adelante ni hacia atrás y soltando la linterna—. Puesto que no puedo ni quiero batirme contigo en lid de caballeros, asesíname, francés; ese es tu oficio. Asesina al guerrillero de Andía y la Borunda.

La serenidad grave y un poco petulante de aquel hombre, el mirar fijo de sus ojos, su hermosa estatura, la capa que de los hombros le caía hasta los pies, dándole el aspecto de una estatua negra, trastornaron a Monsalud más de lo que estaba. ¿Por qué no decirlo? Tenía miedo, un pavor, semejante al que infunde la superstición. Todo cuanto veía pareciale sobrenatural, obra del demonio, obra de Dios tal vez. Sobreponiéndose a su espanto, dijo:

—Es mentira, la traes bajo tu capa. ¿Tienes miedo?

Con esta pregunta pensó sacarle de su fría impasibilidad; mas el otro sonriendo con desdén, replicó:

—Salvador, guarda ese chisme y vete con los tuyos.

—Mátale, mátale por traidor y embustero —gritó más lejos, desde la casa y junto a la puerta que daba al jardín la voz divina y furiosa de Genara.

Un hecho es este cuyo tenebroso misterio no penetrará jamás con exactitud el observador; pero es indudable que la pasión amorosa confundida con el arrebatado sentimiento patriótico que en el alma de la mujer produce fenómenos extraordinarios, durante las grandes guerras de raza, está sujeta a veleidades casi increíbles. El fanatismo de Genara hizo de ella en la ocasión crítica que narramos un ser espantoso; pero ¿es posible pronunciar la última palabra sobre la vengativa saña de su alma exaltada, sin deslindar lo que de sublime y de perverso había en los sentimientos que precedieron a la explosión tremenda? La pavorosa figura bella y terrible, que pedía la muerte de un hombre, pocos minutos antes amado, encaja muy bien dentro del tétrico cuadro de la época, en la cual las pasiones humanas exacerbadas y desatadas arrastraban a los hechos más heroicos y a los mayores delirios. Había en Genara una entereza romana que de ningún modo podía ser completamente odiosa, y en sus odios lo mismo que en sus amores no se quedaba nunca a medias.

—Tiene razón —dijo de súbito Monsalud arrojando el arma—. Yo soy el que debe morir. ¡Navarro, ahí tienes mi sable! Haz el gusto a Genara.

Navarro recogió el sable y entregándolo a su rival le habló así:

—Te he dicho que te marches a tu campamento. Ni una palabra más. No gusto de conversación.

En el mismo instante sonaron dentro de la casa voces de alarma.

—¡A ese!, ¡al francés!... ¡al renegado! —gritaban voces distintas.

Y viéronse luces y abriéronse puertas y aparecieron algunos hombres y mujeres con palos y escopetas.

—¡Al pozo con él! —gritó uno.

—¡Ahorcarle!... venga la cuerda —gritó otro.

—Meterle en el horno —vociferó un tercero.

De las casas vecinas salieron algunas personas más, y otros aparecieron por la calleja, de tal modo y con tanta presteza que Monsalud se vio amenazado por una ruidosa caterva de personas de todas clases.

—¡Muerte al francés!— gritaban.

Recobrando su ánimo se apercibió para defenderse.

La voz de Genara repitió a lo lejos con estridente aullido que parecía proceder de la garganta de un ángel de exterminio, flotante en el negro espacio sobre el lugar de la escena, las siguientes palabras:

—¡Por traidor y embustero!

Hubiéralo pasado muy mal, perdiendo seguramente la vida el pobre jurado, si su propio rival no le defendiese de aquella turba rabiosa, apartando a unos, haciendo callar a otros y repartiendo a diestra y siniestra gran cantidad de porrazos.

—Nosotros no asesinamos —gritó—. Dejen libre a este pobre hombre que se va a su campamento.

Pero ya que no podían acabar con él, siguieron azuzándole con la soez valentía del número. Protector y protegido, sin dejar por eso de ser encarnizados enemigos, caminaron largo trecho, abriéndose paso con dificultad. Gracias a la hora tardía y oscuridad de aquellos lugares, no acudió más gente al alboroto, que si acudiera, mal lo habría pasado el del uniforme francés a pesar de hallarse tan cerca sus amigos. Felizmente para Salvador, a medida que avanzaban, disminuía la molesta chusma, hasta que al fin y después de andar largo trecho hacia una de las puertas de la villa, donde se distinguían las fogatas y se escuchaba el rumor de las fuerzas acampadas, la ruin turba quedó reducida a media docena de hombres. Navarro les aplacaba y despedía uno por uno, logrando al cabo quedarse solo con la víctima. Más abrumaba a Monsalud la nobleza que demostrara en la referida ocasión su enemigo que los insultos con que le vituperó poco antes.

—Estamos solos —dijo cuando llegaron a la plazoleta inmediata a la puerta que da paso al puente del Zadorra—. Navarro, agradezco tu generosidad. Quieres matarme en buena lid, y no has permitido que me asesinen esos bárbaros. Solos estamos. ¿Es cierto que no traes armas?

—Ya lo he dicho— replicó el otro.

—Lo creo; eres valiente y sé que no las ocultarías por cobardía. ¿Insistes en no batirte conmigo? No me he pasado a los franceses: antes de servirles, yo no había tomado las armas por ninguna causa. Mi destino lo ha querido así; pero no estoy deshonrado. Mi desgracia, mi abandono, mi pobreza lleváronme a las filas del enemigo, y la deshonra consistiría en abandonarlas durante el peligro... Ve, pues, en busca de tus armas; aquí te espero.

—No quiero —repuso Navarro, con sequedad—. Ya te he dicho que sigas tu camino.

Y luego con expresión de orgullo que Monsalud no acertaba a explicarse, añadió:

—Soy guerrillero.

Dijo esto, como si dijera: «Soy Dios.»

—Bien, ¿y qué más da que seas guerrillero? Eso prueba que eres valiente —repuso el otro con aflicción.

—¿Sabes lo que haré si te vuelvo a encontrar junto a las tapias de la casa de Genara, o si la miras, o si hablas de ella en público, siquiera digas solamente que la has conocido?

—¿Qué?

—Cortarte las orejas... Conque adiós.

Dicho esto volvió la espalda y se alejó tranquilamente, dejando a Salvador perplejo y dudoso entre aceptar aquel inopinado desenlace de la contienda o arremeter tras su enemigo para herirle. Una ira loca sucedió a las dolorosas dudas, y siguiendo a Carlos gritó con toda la fuerza de sus pulmones:

—¡Navarro, eres un cobarde!

El guerrillero volvió atrás y con provocativa flema le dijo:

—Como están cerca tus amigos; como se les ve desde aquí y podrían venir al menor ruido, te has vuelto tan bravo, que si te vieran los gatos de la vecindad, temblarían de miedo.

—Navarro —exclamó Monsalud con frenético coraje—, toma mi sable. Espérame un instante, un instante no más, mientras voy a que un amigo me preste el suyo. Entonces me podrás decir lo que te acomode y yo morir o cerrarte para siempre esa boca insolente.

—Salvador —gritó Navarro comenzando a perder la enfática serenidad que mostraba— no me provoques con tus ladridos... Te he perdonado y me insultas, te desprecio y me sigues. Tanto me buscarás, que al fin has de encontrarme.

Con rápido movimiento se desembozó, dejando en tierra la linterna.

—No tienes tú la culpa —dijo—, sino quien sabiendo lo que eres, baja de noche a hablar contigo por la reja de la huerta. Genara no te conocía sin duda o la engañaste con torpes embustes e infames artes.

—Dime todo eso con una espada, con una pistola, con tu sangre, malvado —clamó Monsalud rugiendo de ira—, y te contestaré lo que mereces.

—Pues sea —gritó Carlos, y en el mismo momento oyose sonar el chasquido del resorte de una navaja, cuya larga hoja brilló en la oscuridad.

—Yo también traigo la mía —exclamó con júbilo Monsalud, arrojando el sable—. Navarro, defiéndete.

Envolvían en el siniestro brazo el uno su capote y el otro su capa, cuando se oyeron pisadas y luego voces alegres que por un callejón cercano se acercaban.

—Son franceses —dijo Navarro, pateando con furia.

—¿Franceses? ¿Y qué importa? —exclamó Salvador—. Seguirán su camino. Adelante pues.

—Traidor —gritó el guerrillero—, me has traído a donde están tus amigos.

—Vamos adonde quieras, elige sitio —repuso el jurado apresurándose a partir.

Apenas dieron algunos pasos en la dirección que indicara Navarro marchando delante, cuando se vieron detenidos por media docena de franceses, borrachos todos como cubas, los cuales reconociendo al punto a Monsalud, le rodearon, y con gritos y vociferaciones del peor gusto le saludaron.

—Dejadme, dejadme solo, amigos —dijo este.

—¿Quién es este bravo mozo? —gritó un francés dirigiéndose a Navarro.

—¡Ah! ¿tenéis pendencia?

—Echad mano al paisano y llevémosle al cuerpo de guardia —dijo un francés.

—Al que le toque —vociferó Monsalud resguardando con su cuerpo el de su enemigo—, le mataré como a un perro.

—¡Oh! ¡qué bríos! —gruñó otro francés.

—Vaya, basta de disputas —chilló un tercero—, y vénganse los dos a la taberna con nosotros.

—Tenemos que hacer en otra parte... Sigan ustedes adelante...

—Están desafiados... Ved las navajas.

Ambos contendientes cerraron y guardaron las armas.

—¿Desafío? —dijo uno que tenía la charretera de sargento—. Ahora mismo van a ir los dos al cuerpo de guardia. ¿Con que desafío? A fe de Jean-Jean que no consiento tal cosa.

—¡A la taberna, a la taberna!

Apareció entonces otro grupo de franceses que se unió al primero.

—Vamos, ven acá farsante —gritó Jean-Jean asiendo a Monsalud por el brazo y tratando de llevárselo consigo.

—Señor espantajo —indicó un jurado amenazando a Navarro—, o toca usted tablas ahora mismo, o le pondremos a la sombra.

Navarro callaba, sofocando su coraje; pero acariciaba la navaja, dispuesto a atravesar al primero que osase ponerle la mano encima.

Salvador, desasiéndose con gran trabajo de los que entorpecían sus movimientos, se acercó a Navarro, y comprendiendo que la situación de este no era muy satisfactoria, dijo en voz alta:

—Señores, déjenme hablar dos palabras a solas con este amigo, y después nos iremos juntos a la taberna.

—Si me dan tiempo para ir a buscar a dos de mis amigos, a dos nada más —le dijo Navarro en voz baja—, daré cuenta de ti y de esos borrachos.

—Carlos —repuso Monsalud—, ponte en salvo. Nada podemos hacer por esta noche. Estos majaderos no nos dejarán solos.

Trémulo de coraje, el guerrillero no contestó nada.

—Señala sitio y hora para mañana, para pasado mañana, para cuando quieras.

—El sitio y la hora en que nos volvamos a encontrar —respondió Carlos echando fuego por los negros ojos.

—El sitio y la hora en que nos volvamos a encontrar —repitió Monsalud con febril resolución—. Por la noche y por Dios que la hizo juro que así será.

—Me voy —dijo Navarro con sarcasmo—. Tus amigos te han salvado esta noche... Ahora, cuando yo vuelva la espalda, azúzalos contra mí.

Sin más palabras ni hechos, Navarro se internó a buen paso por una oscura y solitaria calle, y como algunos de los franceses allí presentes, quisieran ir tras él, púsose Monsalud entre ambas esquinas de la angosta vía y con determinación firmísima dijo a sus camaradas:

—El que quiera seguirle tiene que pasar sobre mi cuerpo.

XII

Cuando Jean-Jean y comparsa se empeñaban en llevar a Salvador a la taberna, este iba en tal estado de sombrío estupor y excitación mental que a las palabras de sus amigos, respondía tan solo:

—¡Él guerrillero, yo francés!... ¡Yo francés, él guerrillero!... ¡Él blanco, yo negro!... ¡Él cielo, yo tierra! ¡Si ese hombre fuera Dios, yo quisiera ser el demonio!

A poco de entrar en la taberna, y antes que lograran hacerle tomar nada, escapose fuera y se dirigió a su casa en lastimoso estado moral y físico, con la razón delirante, el cuerpo flojo y desmayado como el de un beodo, hablando sordamente consigo mismo a veces, y a ratos profiriendo gritos que alarmaban al vecindario. Cuando entró en su casa, hallábanse en ella, a pesar de lo avanzado de la noche, doña Perpetua y el cura, acompañando ambos a doña Fermina. En el centro de la pieza había una mesa puesta con no poco aparato de vasos y platos, desplegándose allí gallardamente todo el lujo de la casa como para una fiesta. Las viandas que sobre ella estaban, habían dejando de humear, enfriadas ya por el largo plazo de espera, y las quijadas de la santa como las del cura se abrían bostezando de apetito y sueño.

—Hijo mío, ¡cuánto nos has hecho esperar! Son las once dadas —dijo doña Fermina, abrazándole—. Pero tú tienes algo, estás amarillo como un muerto. ¿Qué dices ahí entre dientes?

—¡Guerrillero él! ¡francés yo! —murmuró Salvador dejándose caer en una silla.

—Espera, te ayudaré a que te quites el uniforme —dijo la madre—. ¿Se han marchado ya los franceses?

—Salvador —dijo en tono agrio el cura, observando al sargento con severidad—. Un joven de tus cualidades no debe estar en las tabernas hasta hora tan avanzada.

Y como Monsalud no contestase a la advertencia, sino riendo a la manera que ríen los locos, el presbítero añadió, levantándose de su asiento:

—¡Salvador, estás borracho! ¡Qué terribles hábitos se adquieren en el ejército!

—¡Y entre franceses! —añadió la beata—. El Rey les da buen ejemplo para que sean un modelo de sobriedad.

—Ya se te pasará —dijo doña Fermina con maternal benevolencia—. Hijo, ¿quieres dormir?

—Sí, dormir; quiero dormir —repuso con gozo recostándose en un arca.

—Toma primero un bocado, muchacho.

—Sí, tengo hambre —exclamó el jurado abalanzándose a la comida y engullendo descortésmente sin consideración a los demás convidados.

Mas al instante apartó el plato con repugnancia.

—No tengo gana —dijo entre dientes.

El cura se paseaba por la habitación agitado y colérico.

—Los malos hábitos adquiridos no se olvidan en un día —afirmó doña Perpetua, echando al viento la voz por el registro más agridulce—. Esta mañana lo dije y ahora lo repito. Fermina, haz cuenta que no tienes hijo.

Doña Fermina rompió a llorar, y como interrogase cariñosamente al desgraciado joven acerca de sus propósitos y de la enmienda que por la mañana prometiera, este dijo:

—¡Guerrillero él, yo francés, francés toda la vida!

—Salvador —gritó el cura con enojo y fiereza—. Te creí traidor por inexperiencia, mas no vicioso ni degradado... Esta mañana me causabas lástima, ahora me causas horror.

—El pobrecito no sabe lo que se dice, señor cura —añadió la atribulada madre—. Esos pícaros lo han llevado a la cantina, y... por fuerza le han obligado a beber. Pero es un alma de Dios mi hijo. Esta mañana nos prometió dejar para siempre esas aborrecidas banderas, y lo hará, ¿pues no lo ha de hacer...? ¿Te quedarás aquí esta noche? Suelta el uniforme y duerme.

Oyéronse entonces lejanos toques de clarín. Callaron todos sobrecogidos por el son guerrero que parecía venir del campamento francés y Monsalud escuchaba con aparente júbilo. De pronto levantose y gesticulando como un insensato, y con desesperados gritos, gritó de esta manera:

—¡Viva Napoleón! ¡Viva el amo del mundo! ¡Viva Francia! ¡Mueran los guerrilleros!

—Esto no se puede tolerar —exclamó el cura bramando de ira y echando mano al respaldo de la silla que más cerca tenía—. Traidor infame y deslenguado blasfemo, sal de aquí al momento.

—¿Qué has dicho, hijo? —balbució entre angustiosos sollozos doña Fermina temblando como un niño—. Tú, tú, ¿pues no eres...?

—¡Afrancesado, francés hasta morir! —repuso el joven con enérgico brío—. ¡Francés hasta morir!

—Señor cura, señor cura —dijo la madre con tanto espanto como dolor—, ríñalo usted.

—Buen caso hago yo de los curas —repuso Salvador mirando con desprecio al venerable Respaldiza—. Son los corruptores del linaje humano, como dicen Jean-Jean y Plobertin, que presenciaron la revolución francesa.

Doña Fermina ocultó el rostro entre las manos.

—Señor cura guerrillero —añadió el joven con insolente sarcasmo—, cuidado no le cojamos a usted por esos trigos... En mi regimiento no hay piedad para los clérigos armados... ¡Se les coge, se les desnuda, se les ahorca!...

Doña Perpetua se levantó de su asiento como una estatua que de súbito cobra vida para aterrar a los hombres.

—¡Miren la embaucadora! —gritó Monsalud remedando de un modo grotesco los ademanes de la santa mujer—. Vendré a rescatar a mi madre de las garras del demonio, para llevármela a Francia.

La beata y el cura le señalaron la puerta sin proferir una palabra.

—¡Guerrillero él, yo francés! —repitió el joven, no con palabras, sino con aullidos—. Madre, adiós, adiós... Escribiré desde Francia.

Tropezando, haciendo gestos amenazadores y articulando gritos y bravatas poco inteligibles, pero horripilantes como la risa de los locos, salió de la estancia y de la casa, mientras cura y beata auxiliaban a la infeliz madre, que había perdido el conocimiento.

XIII

El buen orden de esta historia pide que ahora dejemos a Monsalud para que vaya solo o acompañado a donde mejor le plazca y su triste destino le lleve, y que volvamos los ojos y dirijamos nuestros pasos hacia Carlos Navarro, quien por lo que hasta ahora de él vimos, parece ha de ser personaje de historia y digno de ser conocido más de cerca.

Singular era este hombre, y más singular aún su padre don Fernando Navarro, vulgarmente conocido en la Puebla con el remoquete de don Fernando Garrote, que de sus mayores pasó a él sin que se pueda saber por qué. Aseguraban los ancianos de la villa, que siendo todos los Navarros, desde las generaciones más remotas, hombres muy fuertes, y a más de fuertes, algo pegones y amigos de dominar a los débiles y de machacar sobre los humildes, debieron de recibir por estas cualidades el sobrenombre citado, que les caía a maravilla. Los últimos vástagos de esta dinastía garrotil, son los que presentaremos ahora, eligiendo para ello el momento en que, desocupada momentáneamente la Puebla por los franceses, quiso don Fernando poner en efecto su pensamiento de ir a las partidas con Respaldiza, apretándole a ello la falta que él pensaba hacía en el ejército su tardanza, según eran los agravios que pensaba vengar, proezas que acometer, y cabezas que descalabrar.

Don Fernando vivía desde algún tiempo en una casa de campo hacia Peñacerrada, donde había puesto fin a sus viajes y correrías, porque los achaques y dolores en la trabajada osamenta eran ya obstáculo a su fantasía siempre ardiente y a su corazón valeroso. Triste y solitario y aburrido dejaba pasar sus días en la vasta vivienda, aun en lo más crudo de la guerra, hasta que por capricho o voluntariedad impropia ya de sus años, resolvió variar de conducta. Para hacer los preparativos de marcha, trasladose el 18 de junio a la Puebla, donde tenía la casa solar, residencia habitual de su juventud y edad madura hasta los últimos años. Allí vivía de ordinario su hijo, y un pariente pobre que le administraba el mayorazgo, consistente en tierras de pan, algunas viñas y mucho monte en el término de Treviño.

Allí le tenemos, allí está nuestro gran don Fernando en una sala baja, sentado en ancho sillón de vaqueta con las piernas extendidas sobre un banquillo. Ocúpase en limpiar la hoja de una luenga espada de taza, hoja toledana y grandes gavilanes retorcidos. Frente a él, acurrucada en una silla baja está la que ya conocemos, incomparable y seráfica doña Perpetua, observando con atención prolija al insigne varón.

Era don Fernando Navarro, o si se quiere don Fernando Garrote un hombre de más de sesenta años, de elevada estatura y bien proporcionadas carnes, ni gordo ni flaco, arrogante a pesar de su avanzada edad, de frente despejada, ojos vivos, los brazos y las piernas vigorosas, aunque ya nada listos a causa del mucho cansancio, ancha la espalda, curva y airosa la nariz, blancas y pobladas las cejas, así como el cabello, la piel rugosa y con largos bigotes retorcidos entrecanos, que eran singular adorno de su fisonomía en aquellos tiempos en que todo el mundo se rapaba el rostro. Tenía este hombre la apariencia de un veterano de los antiguos tercios, héroe de las batallas de San Quintín y de las Gravelinas, conquistador de medio mundo y saqueador del otro medio desde Roma hasta Maestrich. Uníase a su belleza varonil y majestuosa cierta expresioncilla insolente y de perdona-vidas, y parecía satisfecho de la superioridad que Dios le había dado sobre el resto de los mortales. Observando su vanaglorioso ademán y porte guerrero, viéndole tan convencido de que la humanidad existía para que él probara sobre ella la fuerza de sus puños, se comprendía bien el apodo de *Garrote* que recibiera del vulgo. Lleváronlo sin ofenderse sus antepasados, que también fueron tremebundos, y el don Fernando respondía al mote y a veces firmaba con él.

Durante su juventud Navarro había guerreado bastantes años, primero en la campaña contra Portugal hacia 1762, después en el bloqueo de Gibraltar en 1779, y aún se asegura que por dar desahogo a su grande afición militar tuvo sus amagos y vislumbres de bandolerismo, en tiempo de paz, lo cual es muy propio de españoles; pero esto debe acogerse con prudente desconfianza, y la honra de tan insigne varón nos obliga a no asegurar de un modo terminante lo del latrocinio, consignándolo tan solo como un simple rumor.

Lo que sí no deja duda, por constar en papel sellado dentro de los mismos archivos de la audiencia de Pamplona, es que el gran Navarro entretuvo sus ocios y dio alimento a su arrebatada actividad y ardiente fantasía, introduciendo por los Alduides tejidos de hilo y algodón, en lo que según su entender no se ofendía a Dios, siendo claro como el agua que ni en el Decálogo, ni en el Nuevo Testamento, ni en ningún catecismo se dice nada contra el contrabando. Hacía esto nuestro adalid más que por propio lucro, por ayudar a los amigos, por favorecer a unos cuantos pobrecitos que vivían de ello, por armar camorra con los empleados del fisco y por dar palos. Esto era para Garrote fuente de delicias físicas y morales sin término.

Al llegar aquí, y cuando después de enumerar casi todas las cualidades de hombre tan eminente, me encuentro enfrente de la más importante, no puedo menos de alzar los ojos al cielo, cruzar las manos y decir: «¡Bendito sea Dios, que en una sola pieza puso tantas y tan admirables prendas del alma y del cuerpo!» Ello era que don Fernando Navarro, luego que heredó el mayorazguillo, y además algunos pingües dineros que le dejaron dos tíos suyos venidos de las Indias, retirose a la Puebla y allí se hizo un don Juan Tenorio. Su arrogante figura, su garbo para vestir y su mucho gracejo para hablar, su gran experiencia del mundo y diestra habilidad para engañar, proporcionáronle adelantamientos fabulosos en la carrera.

Siendo al mismo tiempo muy liberal y dadivoso, así de dinero como de palos, encontraba abiertos casi todos los caminos, y bien pronto todo el condado de Treviño, toda Álava y aun parte de la Rioja, llenáronse de víctimas en distintas edades y estados. Algunos disgustos experimentó en diversas ocasiones; mas como era Garrote la persona más poderosa en la villa, y casi casi en la comarca, como tenía la llave dorada, y aun se habló de que iba a recibir la merced de un título de Castilla, todo se quedó en palabras y en dos o tres porrazos. Un fraile francisco quiso con amonestaciones convertirle, librando de azote tan fiero a los habitantes de la baja Álava y Rioja alavesa, mas por una singularidad digna de ser mencionada en la historia, los villanos todos, especialmente los más humildes se pusieron de parte de don Fernando, hasta que el bendito fraile se cansó, y resolvió que lo mejor era rezar por las agraviadas.

Lo que no puede pasarse en silencio, es que hacia el fin de su carrera don Fernando se casó, animándole a ello su propio interés y el de una familia de Navarra que con la suya estaba genealógicamente entroncada. Antes, mucho antes del matrimonio, había nacido un varón, que fue reconocido con solemnidad. Sacó Carlitos, con el cariz y la figura de su padre, muchas de las prendas de su alma, y singularmente el valor y la generosidad, y creció el niño en la holganza, dedicándose a ejercicios de fuerza, con descuido de la inteligencia, aunque la tenía privilegiada. No mostró como el progenitor, afición al galanteo frívolo, y durante algunos años huía de las faldas como del demonio: tanto que creyeron iba derechito por el camino de la iglesia, mas de pronto resultó muy apasionado y tierno, y verificose radical transformación en sus hábitos, y más que todo en su pensamiento. En el transcurso de esta fiel historia irán saliendo muchas cosas que ahora no conviene anticipar, y que completarán el conocimiento de este benemérito joven, primero mojigato, guerrillero después, y adornado siempre de estupendas cualidades.

Ahora lo que importa referir, es que en 1812 tomó el gusto Carlitos a las partidas, enamorándose de tal modo de aquella errante, gloriosa y popular vida, que a vuelta de pocos meses era uno de los más bravos e inteligentes soldados del bravísimo Longa, siendo tantas sus hazañas que en la Puebla de Arganzón gozaba de más fama que en Macedonia el Grande Alejandro. No está de más decir, que entre las causas que determinaron a don Fernando a meter su cucharada en el negocio de la guerra, no fue la menor cierta comenzoncilla, o por ponerlo más claro, cierta envidia del gran renombre de su hijo, y tenía la certidumbre de que con solo echarse al campo eclipsaría con un solo arranque las proezas de todos los fusileros de Longa, Mina y Pastor.

Conocidas así las personas, refiramos ahora lo que hablaron doña Perpetua y el señor Garrote, mientras este, esperando a su hijo, al cura Respaldiza y demás personas que debían acompañarle, se ocupaba en limpiar el moho a varios trebejos, resto de su alborotada mocedad.

—Reflexione usted, señor Garrote —dijo la vieja, apoyando las manos en el palo y la barba en las manos—, sobre lo que tantas veces le he dicho y ahora le repito. Un hombre lleno de pecados, que ha sido el escándalo de un siglo y el Satanás de esta honrada villa, debe ocuparse en arreglar sus largas cuentas con Dios para no presentarse a él desprevenido, con el libro de las deudas de su conciencia tan embrollado y lleno de borrones.

—Cuando vuelva de la guerra, viejecita —repuso don Fernando cariñosamente y con cierto respeto—, te prometo reconciliarme y poner el mayor arreglo en mi libro.

—¡De la guerra! —exclamó la vieja moviendo la cabeza— ¡y quién sabe si esos pobres huesos molidos volverán como salen! ¡Semejante estafermo no puede mantenerse sobre el caballo, y habla de matar franceses y de ganar batallas! ¡Alabado sea el Señor! ¿No vale más que el señor Garrote se esté quietecito en su casa? Yo le vendré a hacer compañía, y nos regocijaremos hablando de los benditos tiempos pasados y de la ruindad de los presentes, así como de la supina perversidad de los que han de venir, trayendo seguramente el fin y ruina total del mundo.

—Viejecita —repuso don Fernando—, en sesenta años que he vivido no he sentido gusto semejante al que ahora llena mi alma por la empresa que voy a acometer... Ya, ya verán una mano pesada para el sable... Seguramente los franceses tienen ya noticia de que me preparo...

—Si se preparara usted para una buena, larga y devota confesión que fuera una limpia general de su alma, mejor sería... —dijo la santa mujer.

—Hay muchos medios de limpiar el alma y dejarla como un espejo —afirmó triunfante Garrote, esgrimiendo la espada y dando dos o tres tajos en el aire—, muchas maneras, y de esto hablan los santos padres, según creo, madrita; y si no hablan es porque se les quedó en el tintero.

—No conozco más medio que el arrepentimiento.

—Verdad es que yo he pecado bastante —dijo el héroe—; pero ha sido sin mala intención. Reconozco que he ofendido a Dios; pero si después de la ofensa, le sirvo, ¿el servicio no quita la ofensa?

La mujer del siglo miró con estupor al anciano, sin contestarle.

—Yo pequé —continuó este—, pero he aquí que la gran contienda entre Dios y el demonio es llevada a los campos de batalla; he aquí que yo, hombre un poco ligero de cascos, pero cristiano viejo y con una fe como un templo, saco la espada y digo: «Señor, si mucho te ofendí, ahora te consagro mi vida y voy a morir en defensa de tu Iglesia o a matar a todos tus enemigos.» Este acto, señora doña Perpetua, esta abnegación mía por la causa de Dios, ¿no bastan a limpiarme, cual si echaran mi alma en lejía?

—Según y cómo —respondió la anciana, confusa ante un problema nuevo para ella, cuya solución no podía dar en definitiva—. Ejemplos hay de guerreros insignes que han ido a ocupar lugar preferente en el Cielo, solo por una buena batallita ganada contra herejes; pero no se dice que tuvieran muchos pecados, ni que estuviesen impenitentes.

—¿Y qué más penitencia que la muerte en defensa de Cristo? —exclamó el guerrero sintiéndose con más fuerza que su antagonista—. ¡Morir, derramar uno su sangre por una causa, por una idea, por la religión, por Dios...!

—¡Oh! sí, es verdad, sí, sí —dijo la vieja abrumada por esta lógica.

—¿Nuestro Señor Jesucristo no nos dio el ejemplo? ¿No redimió a todo el género humano, y muriendo nos limpió la gran mancha original, sin dejar rastro de ella?

Al decir esto, el señor Garrote frotaba con verdadero frenesí la hoja de acero, como si la herrumbre que tenía fuera la de su propia alma, y aquel orín el inveterado orín de su propia conciencia.

—Es verdad —gruñó la vieja—. Vaya el señor don Fernando a la guerra, si bien no estaría de más una confesión general y algún acto de reparación para tranquilizar el alma de quien yo me sé, de un ángel de Dios, señor don Fernando...

La beata fijó en Garrote sus penetrantes ojos negros, y Navarro frunció ligeramente el ceño, demostrando que aquel tratado de los ángeles de Dios no era muy de su agrado. Pero la santa mujer, hecha de muy antiguo a reprender sin rebozo las faltas ajenas y a sentenciar en materia de pecados con tanto aplomo como el Papa desde la silla del Pescador, no hizo caso del avinagrado gesto de don Fernando, y dijo:

—Señor Lucifer, de todas las excelentes muchachas que usted perdió para siempre, una sola existe en la Puebla de Arganzón; mas tan quebrantada por los disgustos y la vergüenza de su desgracia, que es difícil conocer en su abatido y ya viejo rostro a la hermosa hija de don Pablo el Riojano.

—Bueno, bueno —dijo Garrote frotando con más fuerza—: ¿y qué tengo yo que ver con esa mujer?

—¡Conciencia empedernida! ¡Hombre sin entrañas! ¿No la perdió usted para siempre? En Pipaón hace veintidós años todo el mundo sabía que don Fernando Garrote tenía amores con la niña del Riojano y se corrió la voz de que se iban a casar. Desde entonces ha pasado mucho tiempo. Vino doña Fermina a la Puebla hace dos años traída por su mezquina herencia, y el enfadoso pleito que la dejara sin camisa que ponerse. Pocos la tratan aquí, y en cuanto a sus tristes antecedentes, solo yo, por confidencia que me ha hecho correspondiendo a mis cristianos consejos, sé que esta venerable y modesta mujer es la doncella engañada hace más de veinte años en Pipaón, y que Salvadorcillo Monsalud es de la propia carne, de la misma sangre y de los mismísimos huesos de este tenebrario que tengo delante.

—¡Cuánto sabe la madre! —dijo don Fernando, frotando el arma hasta desollarse los dedos—. Supe que Ferminilla había venido a la Puebla hace dos años trayendo consigo a un muchacho revoltoso; pero como casi todo el tiempo vivo en Peñacerrada, a ninguno de ellos he visto... y a la verdad, no son muchas las ganas...

—Pues yo la veo todos los días. Yo la acompaño y consuelo de la amarga tristeza que aún hoy sus desdichas y su atroz pecado le causan. Cuando llegó aquí, picome la curiosidad. Viéndola tan piadosa, tan santa y ejemplar, pues es mujer que no sale de su casa más que para ir a la iglesia, solicité su amistad; conocí que era un alma abatida y que necesitaba de mí. ¿Qué habría sido de ella sin mis consejos? Se los di, pues; mi conversación le agradó en extremo, y abriome su corazón confiándome todo y especialmente la tristeza de su desgracia, cuyo autor fue este señoritico precioso.

—Bien: ¿y qué? —dijo Navarro esforzándose en aparecer risueño, y dejando a un lado la espada que estaba más limpia que alma de bienaventurado—. Yo, la verdad, lo hice sin mala intención.

—¡Sin mala intención! —exclamó la beata con enojado semblante—. Sin mala intención dicen que se rebeló Luzbel contra Dios. Esa buena mujer es la criatura más desgraciada que existe en el mundo, y aunque seguramente Dios la ha perdonado por su grande arrepentimiento y continuo llorar, ella jamás se consuela, y ahora con la reciente desgracia del hijo que idolatraba, parece que va a entregar su alma al Señor.

—Pues qué, ¿ha muerto su hijo? —preguntó Garrote con vivo interés.

—Se ha pasado a los franceses, lo cual es peor que morir. Se ha pasado a los franceses, que es como morir el alma y seguir viviendo el cuerpo para afrenta de la familia y de la nación... Anoche mismo...

—¡Y dices que es hijo mío! —exclamó don Fernando con rabia, dando fuerte patada en el suelo—. No, madrita: ese muchacho no tiene mi sangre... Es mentira, ¡viven los cielos!

Iba a seguir protestando, cuando le interrumpió de súbito la presencia de su hijo Carlos, que acababa de entrar.

XIV

Carlitos era bastante parecido a su padre, salvo algunas diferencias; se le asemejaba en la tez morena, en los cabellos asimismo negros, en la arrogancia del cuerpo y talle y en cierta expresión de nobleza que en toda su persona gallardamente se mostraba. Diferenciábase en la estructura de las cejas que en el mozo eran juntas, y en la seriedad invariable y algo torva que tenía en los grandes ojos. Con respeto adelantose el joven hacia su padre, cuya mano besó, repitiendo la misma señal de veneración y cortesía en las arrugadas extremidades de la vieja. Don Fernando contemplaba a su hijo con el arrobamiento de un artista satisfecho y enfatuado ante la belleza de su obra maestra.

—¿Nos vamos ya? —le preguntó.

—Dentro de una hora —repuso el joven—. Difícil es que nos unamos a la partida de Longa que está en Munguía con los ingleses; pero nos uniremos a los que están hacia Miranda con el general Morillo. Para no tropezar con los franceses daremos la vuelta por Uralde y Burgueta, tomando el camino real en Armiñón. No hay nada que temer por ese lado.

Don Fernando se levantó para desperezarse, lo cual hizo como un león viejo, no sin que crujieran sus choquezuelas y sus articulaciones todas. Después dio algunos pasos por la habitación como para probar la elasticidad de sus miembros.

—Esta máquina sirve todavía —dijo.

Y luego dio fuertes voces llamando a sus criados.

—¡El caballo!... ¡ensillar el caballo!

Doña Perpetua, firme siempre en la perpetuidad de su desaprobación, movía la cabeza en señal de duda respecto a la eficacia de aquella máquina para hacer algo de provecho, y si no con la boca, con los ojos reprendió a don Fernando por su atrevida aventura.

Al punto comenzó Garrote su atavío marcial, sepultando sus pies en antiguas botas de cuero fino. Forrose después en un chaleco grueso y se fajó con una interminable banda de seda que le dio muchas vueltas en torno a la cintura, y sobre esto se puso un uniforme blanco de los antiguos regimientos distinguidos, el cual aunque viejo y fuera de moda, estaba servible. La cabeza la adornó con un deforme sombrero procedente de las campañas del décimo octavo siglo y que recordaba al general O'Reilly. A pesar de la notoria ancianidad de dichas prendas, tal era la histórica figura del insigne Navarro, que con ellas no resultaba ridículo.

Al vestirse parecía que se remozaba; la alegría brillaba en sus ojos; decía mil bufonadas graciosas, y con fatuidad chispeante se presentaba a sí mismo como modelo de apuestos militares, deprimiendo a la afeminada juventud del día. En mitad de esta escena entró el cura hecho un arsenal ambulante, según venía de armado y municionado, y celebró con palmadas y vítores los preparativos de su amigo, mostrando los suyos y volviéndose de todos lados para que le vieran.

—¡A matar franceses! —gritó el presbítero—. ¡A matar franceses y afrancesados, para gloria de la nación y triunfo de la fe!

—Señores —dijo Garrote con hueca voz y un poco del tonillo pedantesco de los oradores modernos—, toda mi vida la he consagrado al servicio del Rey, de la patria, de la religión...

La beata frunciendo el ceño, miró a don Fernando con expresión de burla.

—No, de la religión no —añadió Navarro con modestia— quiero decir que no he prestado a la religión servicios directos; pero siempre he sido piadoso, buen cristiano y temeroso de Dios... Alguno que otro pecadillo que anda suelto por ahí no es para darse de cabezadas, ¿no es verdad, señor cura?

—Sí hombre, sí —exclamó el padre de almas con risa campechana—. Contra una juventud algo ligera viene una vejez heroica en servicio de Dios.

¡En servicio de Dios! A eso iba —prosiguió Garrote acompañando sus palabras con una enérgica acción del dedo índice—. Quería decir que siempre fui ferviente cristiano y una vez reventé a palos a dos contrabandistas porque hablaron mal de la santidad de Pío VI. Señores, en mis campañas gloriosas, o por mejor decir, en toda mi vida, he tenido por norte la honra del Rey, la honra de la nación y sobre todos los nortes y sures, el norte de la religión que es mi guía, mi faro, mi luz del cielo.

—Si este don Fernando no hace ahora un par de heroicidades estupendas que dejen atrás la antigüedad de Aníbales y Césares —exclamó con entusiasmo el cura—, me dejo quitar el hábito que visto y las licencias del sagrado orden que practico.

—Pues bien, señores —siguió el héroe—, ¿a qué han venido aquí los franceses? A quitarnos nuestro Rey, a quitarnos nuestra patria y a quitarnos, ¡oh crimen nefando! nuestra santa religión. Ved a España entera cómo se levanta en contra de esa canalla y en pro de tan caros objetos. Ved a España, vedme a mí, que un poco tarde, pero a tiempo todavía, me decido a echar una cana al aire.

—¡Una cana al aire! —repitió doña Perpetua rascándose—. Si don Fernando no las deja todas en el campo de batalla, será milagro del Cielo.

—Hay un mal grave, señores, un mal terrible, al cual es preciso combatir —continuó Garrote sin hacer caso de la vieja—. ¿Qué mal es este? Que los franceses han traído acá la idea de cambiar nuestras costumbres, de echar por tierra todas las prácticas del gobierno de estos reinos, de mudar nuestra vida, haciéndonos a todos franceses, descreídos, afeminados, badulaques, tontos de capirote y eunucos. ¿Y qué ha sucedido? que mientras la mayor parte de los españoles se echaban al campo para extirpar toda la maleza galaica y sahumar con el vapor de la guerra el país infestado de franceses, unos pocos de los nuestros han admitido aquella mudanza. ¡Abominables tiempos, señores! Ved cómo hay en Madrid una casta de miserables sabandijas a quien llaman afrancesados, que son los que visten a la francesa, comen a la francesa y piensan a la francesa. Para ellos no hay España, y todos los que guerreamos por la patria somos necios y locos. Pero todavía existe una canalla peor que la canalla afrancesada, pues éstos al menos son malvados descubiertos y los otros hipócritas infames. ¿Sabéis a quién me refiero? pues os lo diré. Hablo de los que en Cádiz han hecho lo que llaman la Constitución y los que no se ocupan sino de nuevas leyes y nuevos principios y otras gansadas de que yo me reiría, si no viera que este torrente constitucional trae mucha agua turbia y hace espantoso ruido, por arrastrar en su seno piedras y cadáveres y fango. ¿Queréis pruebas? Pues oídlas. Estos hombres se fingen muy patriotas y aparentan odiar al francés, pero en realidad le aman. ¡Ah! Pasad la vista por sus abominables *gacetas*. ¿Las habéis leído? Decís que no. Pues yo las he leído y sé que respiran odio a los patriotas, al Rey y a la sacrosanta religión. Son los discípulos de Voltaire, que van por el mundo predicando la nueva de Satanás.

El cura al oír esto sintió que las lagrimas se agolpaban a sus ojos. Eran lágrimas de admiración. Estaba pálido, mas no de envidia, aunque reconocía que él jamás había dicho en sus sermones cosas tan bellas.

—Pues bien, señores —añadió Navarro—, hoy voy a combatir contra los franceses y mañana contra los afrancesados que son peores, y después contra los llamados liberales que son pésimos; y si yo no pudiere o si Dios se sirve llamarme a sí sobre el campo de batalla, aquí está mi hijo, a quien entregaré mi espada y que ya tiene mi espíritu.

—Dios que vela por España —dijo el cura con acento solemne—, nos conservará a nuestro buen amigo y volveremos todos cubiertos de laureles.

—Los laureles —dijo la beata— no caen mal sobre una frente serena que puede alzarse ante el tribunal de Dios sin los rubores del pecado. Señor don Fernando, ponga sus cinco sentidos en lo que le he dicho, y no entregue su cuerpo al plomo enemigo sin descargar su alma del peso de tantas y tan negras culpas. El cuerpo que sirve de vaso a un alma limpia es respetado por la muerte; no así el que es saco de inmundicias. No hay contra el plomo y las bayonetas mejor coraza que una buena y general confesión.

—Viejecita —repuso don Fernando sonriendo—, como el cura va conmigo a la guerra, echaremos un párrafo por esos caminos y entre batalla y batalla me iré descargando de todos mis pecados y él absolviéndome, todo esto al compás de nuestras caballerías.

—Cabal, cabal —exclamó el presbítero—. Por mucha que sea la faena, no falta un ratito para meter la mano en la conciencia y sacar algunos puñados de maleza.

—Y para los soldados, voto al chápiro —dijo don Fernando golpeando el suelo con la contera de la espada—, ha de haber un poquito de manga ancha. Ya se ve: siempre en campaña al Sol y al frío, comiendo poco y bebiendo menos, sin otro regalo que mil trabajos, y teniendo por cama el suelo, por descanso la fatiga, por almuerzo la pólvora y por cena la metralla... ¡Oh! los que así vivimos no podemos ser mirados como los demás, ¿no es verdad, señor cura?

—Verdad, verdad... ¡Con que en marcha!... ¿No se te olvida nada Respaldiza? —dijo el cura preguntándose a sí mismo y tentándose el cuerpo—. No, nada se te olvida, curita... la pólvora, las balas, el frasquito de aguardiente, las lonjas de jamón... El chocolate crudo... El tabaco...

A todas estas iba llegando gente, amigos del insigne Garrote.

Llegó la hora de la partida y los expedicionarios oprimían los lomos de sus respectivas caballerías. La salida de la casa fue una verdadera ovación. Don Fernando, seguido de su hijo, del cura y de los demás guerrilleros, rompió por entre la multitud que le vitoreaba aclamándole padre de la patria y héroe de la Puebla. En aquel instante nadie se acordaba de las fechorías de don Fernando Garrote, que había sido siempre popular, muy popular, lo mismo por sus generosidades que por sus atrevimientos. En España los audaces de buena cepa, aunque sean bandidos o Tenorios, son siempre queridos y admirados del pueblo, que lo perdona todo, a excepción de la cobardía y la avaricia.

Luego que se encontró fuera de la villa y en pleno campo la pequeña partida, compuesta de una docena de hombres, Carlos, indicando la dirección de Treviño, que debían tomar por las montañas, se puso a vanguardia con otro amigo, para explorar el camino y ver si se distinguían fuerzas francesas. En tanto don Fernando y el cura, quedándose solos atrás emparejaron sus cabalgaduras, que perezosamente iban al paso, y entablaron el curiosísimo diálogo, que se verá a continuación.

XV

—Señor cura —dijo Garrote—, ahora que nos encontramos solos, quiero que conversemos un poco sobre un asunto que me está escociendo por dentro.

—Ya le entiendo a usted amigo mío, usted es de parecer que en vez de unirnos a la partida de Longa, marchemos solos al encuentro de los franceses.

—No es nada de eso, señor don Aparicio, lo que me preocupa.

—Ese fusil que lleva usted —añadió el cura—, es un arma de príncipes; en cambio esa espada no sirve sino para degollar palominos. Por el contrario, mi sable vale un imperio, y esta escopeta no lo es más que en el nombre. Hagamos, pues, un cambalache: darele a usted el sable, pues la principal habilidad de usted consiste en el tajo, mientras que siendo mi fuerte la puntería, cogeré por lo tanto su fusil.

—No es eso tampoco lo que tenía que hablar.

—Usted tiene muy cansada la vista y no puede hacer la puntería.

—Que no es eso —repitió Garrote con enfado.

—¿Pues qué, hombre de Dios?

—Un caso de conciencia.

—¿Esas tenemos? —dijo el cura riendo—. Esta mañana estuve una hora en el confesonario sin que nadie se me acercara, y ahora que monto a caballo...

—No pierde el sacerdote el Sacramento por ir a horcajadas.

—Jamás he visto que el ilustre Garrote se confesara; ¿y ahora que va a la guerra le entran esos escrúpulos? ¿Hay algún pecado nuevo? Pero no sé por qué recuerdo ahora... Esa maldita Perpetua...

No, los antiguos. Por lo mismo que voy a la guerra, siento un vivo deseo de reconciliarme con Dios... Aunque hombres como yo no mueren a dos tirones, quién sabe si por artes del enemigo me cogerá una bala...

—Y adiós alma... Nada, nada —dijo el cura—, aun los hombres más bravos deben venir a estas fiestas con el alma preparada... Aquí donde usted me ve, voy como un angelito de Dios... Me podrían enterrar con corona de rosas como a los niños.

—Vamos a ver. Si los pecados se perdonan con el arrepentimiento y la penitencia, los míos ya los puedo dar por idos. Estoy arrepentido de los males que he causado, y ahora que soy viejo y nada puedo, he caído en la cuenta de que hice mal, muy mal. En cuanto a la penitencia, ¿no es suficiente esta que yo mismo me impongo de dejar la tranquilidad y bienestar que disfrutaba en mi casa de Peñacerrada, para echarme al campo en busca de las privaciones, de las hambres, de las heridas, de los fríos, de los calores y quizás quizás de la muerte? Y todo esto no por una causa cualquiera, sino por la causa de Dios, de la religión y su santa Iglesia primero, y del Rey y de España después.

—Mi parecer es —dijo el cura sonriendo y tentando de nuevo sus bolsillos y la alforja para ver si se le olvidaba algo—, que con lo hecho por usted, con su arrepentimiento primero y el sacrificio de su bienestar después, hay para irse derecho al cielo.

Don Fernando respiró con desahogo, y muy vivamente añadió:

—Si ofendí a Dios con mis calaveradas, ahora le sirvo con mi heroísmo: ¿no es verdad? Váyase lo uno por lo otro. Jamás cometí acción ninguna indigna de un caballero... pues... ya me entiende usted... porque hay pecados de pecados.

—Es evidente... Pero si el arrepentimiento y la penitencia limpian el alma, no está de más un poco de palique con el cura...

—Ya, la confesión.

—La humillación del alma ante Dios, y aquello de reconocer verbalmente sus faltas y avergonzarse de ellas delante del sacerdote...

—Por hablar no quedará —dijo Garrote—, pero es lástima que esto no lo hiciéramos despacito en el pueblo en vez de hacerlo a caballo por estos andurriales.

El cura rompió a reír.

—¡Qué singulares cosas tiene don Fernando Garrote! —exclamó avivando el paso de la cabalgadura—. Esta noche cuando lleguemos a cualquier mesón... ¿Pero está usted triste, señor Navarro; a qué viene tanto mirar al suelo y ese gesto de ajusticiado?

—Amigo don Aparicio —repuso el guerrero—, no puedo apartar de mi pensamiento la idea de que me coja una bala.

—Los bravos no mueren...

—Si el caso llega —añadió el guerrillero muy preocupado y entristecido— no moriré sin decir antes a voz en grito ante Dios y los hombres que siempre fui católico, apostólico, romano y defensor de la santa Iglesia, cuyos dogmas creo desde el primero hasta el último.

—Bien, eso es lo principal... Ahora señor Garrote, déme usted su fusil —dijo el cura con vivísimo interés, mirando a un punto lejano hacia la izquierda—. ¿No le parece que se distingue por allí el morrión de un francés?

—No puede ser, hombre.

—Será algún rezagado. Anoche pasó por aquí el ejército enemigo.

—Pues como iba diciendo —prosiguió Garrote ensimismado y algo sombrío—, toda mi vida he sido católico, apostólico, romano... Jamás he robado a nadie el valor de un real. No he levantado falsos testimonios, y si dije alguna mentirilla leve, fue sin hacer daño a nadie, o por galanteo, pues... Cosas de mujeres. Si he jurado en falso ha sido en asunto de amores. Honré a mis padres mientras vivieron; no he matado a nadie, ni...

—Ni deseado la mujer ajena —dijo el cura interrumpiéndole con risas.

—¡Alto, alto! que ahí está el *busilis* —gritó don Fernando.

—¿Qué, qué es lo que está? —dijo Respaldiza mirando con zozobra a un lado y otro.

—Nada, hombre, no hay que asustarse, lo principal de mis pecados, digo...

—Creí que había divisado usted algún destacamento enemigo. Pero ¿por dónde vamos, amigo Garrote?

—Vamos bien; adelante —dijo Navarro, tan solo preocupado de su conciencia.

Iban por un terreno bastante solitario y compuesto de cerros que se sucedían unos a otros, elevándose cada vez más. De trecho en trecho, hallábanse pequeñas llanadas.

—Ya se sabe qué clase de pecados son los míos —continuó Garrote sin poder apartar el pensamiento de aquella idea—. No son en verdad de los que más afean al hombre; y en el mundo vemos que mientras se niega el agua y el fuego al asesino, al galanteador no solo no se le niega nada, sino que todo el mundo le admira, le señala, y con su amistad se honran tontos y discretos, buenos y malos.

—Así es en efecto —dijo Respaldiza—, lo cual no quita que el galantear sea pecado, porque es el desenfreno del más feo y torpe vicio, y con él se injuria a la familia, al mundo y a Dios.

—Por más que me diga el señor cura, no puedo creer que el galanteo sea vicio tan inmundo como el robar, el calumniar y blasfemar. Al hacer cocos a una doncella o mujer casada, parece como que se tributa cierto holocausto al Señor por las maravillas que puso en el alma y en el cuerpo. El espíritu pone de manifiesto lo que encierra de más noble, y la materia...

—Tate, tate, señor don Fernando —dijo entre risas Respaldiza—. Al querer confesarse está usted haciendo la apología de sus pecados, y revistiéndolos con las mentirosas formas de una fantasía voluptuosa. Es una singularísima manera e arrepentirse... Vaya un polvito —añadió sacando la tabaquera.

—No, no, ya estoy arrepentido, señor don Aparicio. Ya estoy arrepentido de todo —afirmó Garrote con decisión—. No sirvo ya para maldita la cosa. ¡Quién me había de decir en aquellos tiempos, cuando todo el mundo me parecía pequeño para mis aventuras, que se me había de acabar la vigorosa energía...!

—Punto, punto final, amigo mío —dijo el cura mirando a la izquierda.

—Iba a decir que ahora aborrezco todo aquello, y que lo deploro... Pero me pasa una cosa singular, amigo, y es que me arrepiento, pero no estoy tranquilo. El corazón me baila en el pecho, y siento en mí no sé qué comezón y zozobra.

El bravo cura se irguió de repente alzándose sobre los estribos, y gritó con ansiedad:

—Señor don Fernando, el fusil, venga el fusil, ¡por todos los santos!

—¿Qué hay? ¿Viene algún destacamento francés? —preguntó el guerrero mirando al mismo punto hacia el cual se dirigían los atónitos ojos del presbítero.

—¡Un morrión! Por allí va el morrión de un francés.

—¿El morrión solo?

—Bajo el morrión ha de ir una cabeza, y bajo la cabeza un cuerpo, solo que va por aquel camino hondo y no se ve más que el cimborrio... Ese fusil, señor don Fernando ¡por amor de Dios!

—Ya, ya lo veo —dijo Garrote, poniéndose la palma de la mano sobre los ojos en forma de visera—. Pero es un hombre solo, un pobre soldado rezagado, quizás un prisionero fugitivo. ¿Qué hacemos?

—¡Bonita pregunta! Matarle. Un enemigo menos tendrá España.

—Pero si no me engaño —dijo don Fernando mirando a todos lados con cierta inquietud—, nos hemos perdido. ¿En dónde están mi hijo y los demás amigos?

—Delante van. Ese fusil, señor don Fernando: veremos si el cura de la Puebla desmiente la fama de ser el mejor tirador de todo el condado, y aun de toda Álava.

—Amigo, ¿por dónde vamos? —repitió Navarro deteniendo el caballo—. Con esta conversación de mis pecados y de la bondad de Dios, que todos me los perdona, nos hemos distraído y sin saber cómo, nos hallamos separados de los demás de la partida.

—¿Cómo es eso? ¡Gran geógrafo tenemos aquí! —exclamó el cura—. ¿Pues no es este el camino de Uralde?

—No, con mil demonios; aquellas casas que a lo lejos se parecen son las primeras de Añastro. Carlos y la compañía se han ido camino derecho a Uralde, y nosotros ¡ahora caigo en ello, con cien mil pares de Satanases! nos equivocamos en la encrucijada donde está la venta de Martín.

—Adelante —dijo el cura con resolución—. Buscaremos un atajo por aquí a la izquierda... ¿Hay miedo, señor don Fernando? Lo mismo da ir por Uralde que por Añastro. Usted tiene la culpa, pues charla que charla...

—No hagamos calaveradas —dijo Garrote bastante intranquilo—. Casi estamos en país enemigo. A lo mejor saldrá de detrás de una mata un puñado de franceses.

—Aquel que allí está no se me escapa —dijo el cura, observando siempre el morrión que por el camino hondo se movía—. ¿Nos vamos a por él?

—¡Dos contra uno! —exclamó con desdén don Fernando—. Esta heroicidad no es de las mías.

—¿Pero si ese uno se convierte en seis dentro de un rato? ¿Quién sabe lo que habrá detrás de aquella colina?

—Pues vamos a él —dijo don Fernando dirigiendo su caballo por un sembrado y hacia el punto donde el formidable morrión aparecía—. Esta guerra en detalle es la que a mí me enamora, y la verdad es que hecha con inteligencia, no hay ejército invasor que a ella resista.

—¡El fusil, ese fusilito, por amor de Dios y de María Santísima!

—¡Ahí va!... ¡que Dios esté en la chispa, en la pólvora y en la bala!

Galoparon buen trecho por el sembrado, y de pronto, como liebre que levantan perros, viose salir del camino hondo un soldado francés, el cual azorado y temeroso al ver sobre sí dos tan disformes jinetes echó a correr con ligerísimos pies, mirando hacia atrás a cada instante para ver si era perseguido.

—Alto ahí, amiguito —gritó el cura— que no te salvarás aunque tengas mejores piernas que Mercurio, el de los alados talones... ¡Alto!

—Ríndete y nada te haremos por ser dos contra uno —gritó don Fernando llevándose la mano al sombrero, que con el fuerte viento se le tambaleaba sobre el cráneo—. Date, tunantuelo, que somos generosos y caballeros.

—¡Borracho, ladrón! Ríndete o te tiendo...

Aunque muy velozmente corría el francés, al poco rato pusiéronse los caballos a medio tiro; disparó don Aparicio su fusil, hiriendo al fugitivo con tan fatal acierto en mitad de la espalda, que después de dar algunos pasos vacilantes cayó al suelo.

—¡Qué ojo! ¡señor Garrote! Por Santa Lucía bendita. ¡Qué puntería! —exclamó con júbilo Respaldiza—. Yo mismo me admiro, yo mismo me alabo, yo mismo me hago mi apoteosis, porque soy en esto del tirar una de las más grandes maravillas de la Creación.

—La verdad es que como cacería esto ha sido admirable —repuso Garrote—, pero como acción de guerra no se puede poner al lado de las de Wellington. Ese pobre muchacho lo pasa mal.

Llegaron al sitio donde el francés se revolvía en su sangre profiriendo injurias y blasfemias contra sus perseguidores.

—Arriba muchacho, eso no es nada —dijo Navarro, cuya generosidad, como hemos dicho, se mostraba en todas ocasiones—. Dinos dónde está el destacamento a que perteneces y te perdonamos la vida.

—El destacamento —repitió el cura—. Sí; para huir de él.

—O para atacarle si es poca gente. Usted con su puntería y yo con mis puños...

A esta bravata siguió un rato de silencio, porque el pobre francés herido, se había desmayado. Mirábanse Garrote y don Aparicio sin saber qué partido tomar, cuando sintiose a lo lejos ruido de caballos, y como alzaran a un mismo tiempo la vista cura y seglar, vieron que hacia ellos se dirigía por el camino hondo hasta una docena de franchutes a caballo. Púsose más pálido que la cera de su iglesia el buen Respaldiza, y don Fernando, a pesar de su garrotesca bravura, frunció el majestuoso ceño. El primer impulso del tirador fue huir, más detúvole su amigo, bien porque creyera imposible la fuga, bien porque la impavidez de su alma atrevida gozase en la temerosa aproximación del peligro.

—¡El sable, el sable! —gritó tomando el arma de su amigo, a quien entregó la espada vieja.

La mano del cura temblaba.

—Hemos cometido una acción villana asesinando a un hombre —exclamó con solemne acento Garrote—; Dios nos castiga. Ahora... pelear como buenos españoles y morir como caballeros cristianos.

—¿Qué hacemos?

—¿Qué hemos de hacer? ¡A ellos! Dios sea con nosotros.

No hubo muchos ni variados lances en aquel suceso, porque en el espacio de pocos minutos, los enemigos se acercaron a nuestros dos héroes, diciéndoles en castellano que se rindieran.

—Son españoles.

—Afrancesados... Mala gente... —murmuró don Aparicio.

—¡Que me rinda yo! —gritó Navarro esgrimiendo el sable—. Ahora sabréis, canallas, traidores, cómo acostumbra a hacer sus rendiciones don Fernando Garrote el de la Puebla. Si he de morir, moriré matando.

Y sin más dimes ni diretes, comenzó a descargar sablazos sobre los que más cerca tenía. En tanto Respaldiza, viendo a su amigo enredado con los franceses, quiso ponerse en salvo, pero se lo impidieron, y en un santiamén fueron ambos desarmados. Garrote había descalabrado a uno y herido leve-mente a otro, recibiendo en cambio dos pistoletazos, que por fortuna solo hicieron estragos en el alto sombrero. Gritó, vociferó, injurió en nombre de Dios, del Rey y de España; pero al cabo, ambos fueron conducidos prisio-neros sobre sus mismas cabalgaduras, y muy bien vigilados por los doce dragones, que se pusieron en marcha después de recoger al herido.

Así acabó la grande, la memorable expedición de don Fernando Garrote y el reverendo beneficiado de la Puebla. Mientras esto sucedía, Carlos Navarro y la compañía buscaban inútilmente a los dos viejos guerreros en el camino de Uralde.

XVI

Silenciosamente, y abrumados de amargura y desesperación, marchaban los dos prisioneros el uno tras el otro: los caballos que montaban no pare-cían menos tristes que sus amos, a juzgar por la lentitud de su paso y la inclinación de la cabeza. Los españoles y franceses que les habían cogido y les custodiaban iban, charlando en una y otra lengua mezcladamente, y uno de ellos dijo:

—A estos tunantes no les perdonará el general Gazan... han asesinado a un francés, y ya sabemos con qué moneda se pagan estas deudas.

—El uno de ellos parece cura.

—Y el otro parece sacristán.

Don Fernando Garrote se puso lívido al oír que se le llamaba sacristán, y después se le encendió hasta la raíz del cabello el pálido rostro. Si hubiera tenido armas, habría castigado en el acto tanta insolencia en menos que se dicen castañas. Respaldiza, durante el camino, sintiéndose sediento, pidió que le dejaran beber de un arroyo cercano.

—Tiempo hay de beber. En Aríñez no falta agua, padrito. Y si no, tome un buche de la del bautismo, que como cura debe de tener tan a la mano... Beberá antes que le despachen.

—¡Despacharme! —exclamó don Aparicio con acento compungido—. ¿Qué es eso de despachar?

Garrote, colérico por la cobardía que mostraba su amigo, le miro con ojos fieros.

—¡Que nos despachen! —dijo—. ¿Qué mayor gloria para buenos españoles que morir a manos de estos tunantes?

—Cierre el pico el vejete sacristán —gritó un jurado— o no aguardamos a llegar al cuartel general.

—¡Traidor! Tu persona es para mí tan despreciable como la de un vil esclavo, y tus palabras como los ladridos de un perro —exclamó con admirable entereza Navarro—. Si quieres darme la muerte aquí mismo, dámela. Ni porque me mates he de aborrecerte más, ni porque me dejes vivo he de estimarte. Soy un hombre leal que sirve a su patria, y tú un cobarde desleal que sirve al enemigo.

En aquel mismo instante se acabara la vida y con la vida las hazañas de don Fernando Garrote, si el sargento que mandaba la tropa no impusiera silencio a todos, mandándoles seguir adelante.

Después de tres horas largas y penosas de camino, llegaron a Aríñez, y los dos prisioneros fueron presentados a un coronel. Las tropas francesas entre las cuales se encontraban, pertenecían a la división del general Gazan. Caía la tarde y los soldados se preparaban a pasar la noche lo mejor posible: encendíanse las cocinas de campaña, y en torno a las casas de labor se veían alegres corrillos. Los caballos bebían en una gran acequia que de un punto a otro atravesaba el pueblo, y los oficiales organizaban sus meriendas al aire libre.

Don Fernando Garrote se quedó sin alma cuando se vio entre aquella gente. Deseaba morirse, o que la tierra se abriese para tragársele, o que reventase a su lado el más poderoso de los cañones franceses. Lleváronle de Herodes a Pilatos durante largo rato de la tardecita, cual si no supiesen qué hacer de él, y unos le tenían lástima, otros le miraban con desdén o con ira. Pero el que excitaba más sentimientos de enojo era don Aparicio, por ser muy aborrecidos entre los extranjeros los curas armados; así es que después que le concedieron el apagar la rabiosa sed en la misma acequia donde hociqueaban los caballos, echáronle una cuerda al cuello, sin miramiento alguno a las órdenes sacerdotales.

No fueron tan crueles con Garrote, quizás porque mostraba mucha dignidad en su infortunio y no hacía aspaviento ni exhalaba femeniles quejas como su compañero. Lleváronles a los dos a un gran patio, contiguo a una casa grande y vieja, el cual parecía servir de taller de herrería y carretería, porque en él había varios soldados artífices trabajando, y allí podían discurrir libremente los dos prisioneros; mas no escaparse, porque un centinela guardaba la puerta.

Respaldiza, despavorido y medio muerto de terror, echose al suelo para llorar su desventura. Navarro se paseaba de largo a largo, sin hablar a su amigo ni a nadie. En las bardas de aquel corral que caían a poniente había unas rejas por donde se veía la carretera de Vitoria. No cesaban de pasar por ella carros cargados de cajas y arcones de diversos tamaños, los cuales venían del lado de la Puebla, y se detenían, acomodándose en el estrecho camino para dar descanso a las caballerías. También había multitud de galeras y sillas de posta, donde iban las familias españolas que abandonaban la corte con los franceses. El ruido y el tumulto de aquella parte del camino donde se habían reunido y amalgamaban tantos vehículos y caballos, eran espantosos. Unida esta algazara con los martillazos de los que trabajaban sobre el yunque dentro del patio, formábase una música infernal que hubiera vuelto loco a don Fernando Garrote si el cerebro de este pudiera descomponerse por otra causa que por el espantoso hervir de las ideas.

Paseábase el esclarecido varón con la barba clavada en el pecho y las manos dentro de los bolsillos: su espíritu después de vagar un buen espacio por las dulces regiones del pensamiento religioso, se irritó de repente y la idea del suicidio se le puso delante siniestra y halagüeña a la vez, aterrándole y consolándole. Miró Navarro a los que machacaban hierro sobre el yunque y consideró que le harían merced en dejarle poner su vieja cabeza entre ambos hierros. Después fijó su atención en las diversas herramientas que pendían del techo de un tingladillo donde estaban la fragua y el fuelle; pero no creyó posible apoderarse de ellas, ni menos usarlas contra su vida sin ser inmediatamente visto y atajado. Volviendo al inquieto pasear, puso la atención en un pozo que en mitad del patio había, y al punto hizo resolución de arrojarse en él de cabeza; pero tardaba mucho en decidirse a ello, y observaba de soslayo la soga y polea. Acercose al brocal para mirar al fondo y vio allá abajo su imagen temblorosa y desfigurada dentro de un círculo luminoso. En esta contemplación se detenía, cuando un francés le arrancó de allí, señalándole la fragua.

—Camarada —le dijo en mal español con sonrisa burlona—, allí hacen falta vuestros servicios.

Un español joven, moreno y agraciado acercose en tanto al cura, que no se apartaba de su rincón y con acento de chacota le dijo:

—¿Qué bueno por aquí, señor Respaldiza? Parece que la expedición no ha salido bien.

—¡Ay Salvadorcillo de mi alma! —exclamó el cura con mucha congoja—. Al verte, me parece que veo un ángel del cielo... Dime ¿nos matarán?... ¿Intercederás por nosotros? Yo te ruego que olvides las palabrillas coléricas que se cruzaron entre nosotros anoche en casa de tu madre. Yo suelo gastar esas bromitas...

—Olvidadas están, señor cura; pero me parece que nada puedo hacer por ustedes. ¿Quién es el compañero?

—Allí lo tienes junto al pozo, don Fernando Garrote, el primer caballero de toda la comarca.

—Le hubiera conocido —dijo Monsalud observándole—, nada más que por la semejanza que tiene con su hijo Carlos.

Y acercándose a Navarro, que en aquel instante disputaba con el francés, tomó nuestro joven una expresioncilla bastante insolente, y habló de este modo al infeliz anciano:

—Señor don Fernando, aquí dicen que vaya usted a menear el fuelle, y yo creo que este honroso oficio nadie puede desempeñarlo donde hay un señor de la llave dorada.

Miró Garrote al atrevido soldado con tanta ira, que los ojos parecían saltársele del casco.

—Mozuelo sin honor ni vergüenza —exclamó con dignidad y altanería—, ¿piensas que un hombre como yo ha venido aquí para oír tus necedades ni menos para obedecerte? Estos miserables exterminarán a la gente honrada; pero no la deshonrarán.

—¡Al fuelle! ¡al fuelle! —gritaron varias voces, y con más fuerza que ninguna la del mozo que hasta entonces había movido sin descanso la enfadosa máquina.

—¡Soplad vosotros, canallas! —gritó Navarro, echando inmediatamente mano al lugar donde debía estar el puño de la espada.

—No hay que apurarse por tan poca cosa —dijo de improviso el cura levantándose del suelo y acudiendo oficiosamente al lugar de la disputa—. Si es preciso que alguien sople, yo soplaré, que lo haré muy bien, caballeritos, y bueno es un poco de ejercicio a estas horas.

Deseando congraciarse con sus verdugos, Respaldiza cuya poquedad de ánimo y corazón pequeño se habían mostrado ya, se prestaba a todo.

—¿Qué más da? —decía entre dientes—. Más padeció Jesús por nosotros. A él le pusieron atado a una columna y le abofetearon y escupieron. Movamos el fuelle, herreros de Satanás. Si vuestros cuerpos estuvieran dentro del fuego, ¡con qué ganas soplaría!

Metió la mano en la argolla y tirando de la cadena infló el depósito de viento. El caño de la fragua resonó con ardiente resoplido, como la respiración de un cíclope, y las moribundas ascuas revivieron lanzando llamas rojizas. Al compás del canto de los herreros, tiraba de la cadena el cura, afectando en su semblante cristiano humildad; pero lleno de cólera y más que de cólera de miedo.

La noche sin Luna oscurecía el cielo y la tierra; pero no cesaba el espantoso ruido dentro y fuera del patio.

La roja claridad de la fragua iluminó los diversos grupos, y don Fernando, que tenía en su alma todas las oscuridades de la tristeza y todas las llamas de la desesperación, no pudo pensar en echarse al pozo, porque los franceses lo cerraron.

A ratos le causaba profunda pena ver la degradación y falta de dignidad de su compañero de desgracia, el cual seguía en su tarea, y aun sonreía ante los soeces herreros con mengua de su honor y de la jerarquía sacerdotal. Por fin cesó el trabajo; entraron varios soldados españoles y dos o tres renegados, trayendo un par de zaques de vino, a cuya vista se regocijaron todos, disponiéndose a dejarlos vacíos. En el mismo instante llegó Monsalud con algunos soldados, y ordenando a los prisioneros que le siguiesen entró con ellos en el piso bajo de la casa contigua, que lo era de labor y estaba destinada en su parte alta a alojamiento de oficiales. Sin decirles cosa alguna, encerró a cada uno en una pieza baja, separadas ambas por un tabique ruinoso, y sin puerta que las comunicara. Luego que don Fernando entró en lo que parecía mazmorra, echose en el desnudo piso sin mirar al que le había encerrado. Este arrojó un pan en el suelo, y como cayese a regular distancia del prisionero, el sargento empujó la hogaza con la punta del pie, diciendo:

—Ahí tiene usted para pasar la noche. Estoy de guardia hasta las doce y me han encargado la custodia de los dos prisioneros. Traeré también agua y algo de carne, si hay.

—No necesito nada —dijo Garrote sin mirarle—. Yo no como tu pan.

Incorporándose, dio tan fuerte puntapié a la libreta que la lanzó al otro extremo de la pieza.

—Mal genio tiene usted —dijo el joven con lástima—. Hay que llevarlo con paciencia. El coronel me ha mandado que después de encerrar e incomunicar a usted y a su compañero les notifique...

—Ya lo sé... que seremos arcabuceados...

—A la madrugada. El general no quiere carnicerías; pero el jueves cogió Mina a diez franceses y a todos los degolló.

—Hizo bien —dijo don Fernando—; y es lástima que no te cogiera también a ti, español renegado a lo que pareces... Si Dios me sacara de esta cárcel y recobrase yo mi libertad y mis armas a ningún afrancesado perdonaría.

—Amigo —dijo el joven—, la situación en que usted se halla no es la más propia para vituperar la conducta de los demás y poner cual no digan dueñas a los que, por razones que usted ignora, servimos a los franceses.

—Mi situación no me espanta —repuso el viejo con gravedad—. Moriré por la patria, por la religión, y Dios me acogerá en su seno. La muerte que me espera no la cambiaría por cien vidas como la tuya, infeliz joven, por esa vida deshonrada en flor.

El mozo guardó silencio.

—¿Quién te engañó? ¿Quién te sedujo? ¿Sabes lo que es servir al enemigo y hacer causa común con los verdugos de la patria?

—Hablador es el viejo —dijo Salvador un poco enojado—. Hará usted bien en descansar y en tranquilizarse, señor Navarro. Adiós.

—¿Cómo sabes mi nombre?

—Me lo dijo Respaldiza. Conozco mucho al cura de la Puebla de Arganzón, donde he vivido dos años.

—¿Cómo te llamas?

—Salvador Monsalud... yo soy de Pipaón.

El anciano dio un suspiro profundo echando hacia atrás la cabeza, que al chocar bruscamente contra el tabique produjo un triste y hueco sonido como el de un cántaro que está a punto de romperse.

—Adiós —dijo el joven con la mayor indiferencia—. Volveré después a traer a ustedes alguna cosa. Me da lástima de los que van a morir aunque se lo tengan muy merecido... ¿Conque agua? Si hubiera carne... Veremos.

XVII

El estado moral de don Fernando Garrote fue, desde que se quedó solo, el más espantoso que imaginarse puede. La imagen y la idea de la muerte que poco antes ocuparan por completo su espíritu, huyeron como accidentes fútiles y pasajeros, indignos del pensamiento. Toda su vida pasada, sus culpas, sus glorias se le pusieron delante juntamente con el infeliz joven cuyo nombre acababa de saber. Veía tan claro el designio de Dios, que hasta con los ojos del cuerpo estaba viendo al mismo Dios delante de sí, grave, ceñudo, majestuoso y admirablemente sobrenatural y divino. Don Fernando sintió el terror más vivo que un alma humana puede sentir, miedo semejante tan solo a los terrores bíblicos que sobrecogían al pueblo elegido, cuando entre rayos y truenos sonaba la voz que había mandado a la luz que se hiciera, y a la tierra separarse de las aguas.

El anciano se prosternó en tierra y apoyando contra las frías baldosas su ardiente cabeza, dijo en voz alta:

—¡Señor, Señor, lo merezco! ¡He sido un malvado! ¡Cúmplase tu voluntad! ¡Justicia terrible, pero justicia al fin! ¡Digna de mi vida es esta última hora que has dispuesto para mí!

Después siguió balbuciendo en voz baja oraciones piadosas y vehementes hasta que su alma se fue tranquilizando poco a poco y las terribles majestuosas facciones del semblante de Dios, que delante creía ver, se amansaron. El pobre anciano respiró y levantándose del suelo fue tentando las paredes hasta el rincón más próximo, donde se acurrucó, cruzando las piernas y los brazos, y entre estos escondiendo la cabeza, de tal modo que parecía un ovillo. En tal postura, solo, sin movimiento, profundamente abstraído y encerrado dentro de sí mismo, como el gusano en su capullo, dijo el soliloquio siguiente, examen sincero de sus muchas culpas:

—«Consagré mi juventud al vicio. Obediente a la ley de Dios tan solo en lo superficial y externo, falté a todos los deberes cristianos. Iba todos los días a misa y rezaba el rosario, ambos actos sin devoción y por pura rutina, pues en misa no atendía más que a las mujeres que poblaban la iglesia. Llamándome buen católico, y defendiendo de palabra y aun de obra la religión siempre que se ofrecía, mi conducta no dejaba de ser execrable. ¿De qué valía a mi alma el ser presidente por derecho hereditario de la sagrada congregación de *Esclavos de Cristo*, ni hermano mayor de la Virgen de la Asunción, y guardián de su camarín, cuyas llaves se han conservado siempre en las arcas de mi familia, con el derecho de vestir la imagen en las grandes fiestas?... ¡Ay! He sido un perverso que se ha burlado de todas las leyes divinas y humanas. Amonestome un buen religioso francisco; pero me burlé de sus palabras atendiendo más que a él a los que me adulaban fomentando con viles alabanzas mi disolución.

»Diome el cielo fortuna, sin duda por probarme en el empleo que de ella haría, y más valiera que me criara Dios pobre y desnudo, para que así mi natural vicioso se encaminase a la virtud, y con las abstinencias se educara firme y valerosa mi alma. Mas yo empleé mi hacienda en deslumbrar con engañosos oropeles la inocencia, en seducir con mentidas promesas a honradas familias, en corromper dueñas y criadas. Hice del honor mercadería que con el oro se compra y se vende, y de la paz y buena fama de las familias, un juego caprichoso. El demonio, mi aliado y en realidad mi Dios, sugeríame a cada instante artificios nuevos para derrocar la honestidad y vencer la resistencia, que la templanza y el recato ofrecían a mis abominables apetitos. Todo lo atropellé; pisoteé los sentimientos más puros como pisotean los cerdos las flores de un jardín, sin comprender su belleza.

»Dios me tocaba a veces el corazón, dándome ratos de profunda tristeza en los cuales mi conciencia aclarándose ante mí con prodigiosa luz, me ponía delante la fealdad horrenda de mi conducta; mas estos momentos que coincidían siempre con mi cansancio, eran breves como los relámpagos en la noche oscura, y mi alma envilecida dejaba el arrepentimiento para la vejez. Mi memoria con ser portentosa, no puede recordar uno por uno todos los desafueros que cometí, los planes execrables que realicé, ni las víctimas todas de mi salvaje descomedimiento. Pero en estos momentos terribles en que mi conciencia a la vista de un hombre se ha abierto de súbito como una sima llena de horrores, y se me ha presentado Dios con el semblante de la justicia, aprestándose a juzgarme sin misericordia porque no la merezco, uno solo de mis crímenes se me ofrece visible y claro entre los demás, porque a todos los compendia, y con su magnitud oscurece a los otros.

»La ejemplar persona sacrificada vive, al parecer para mi castigo. ¡Ay! A muchas seduje, a muchas atropellé; pero con ninguna fue el engaño tan torpe y miserable como con esta. Cuanto puede hacer un hombre para disimular su vil intención, yo lo hice; cuanto puede inventarse para aparecer bueno sin serlo y apasionado sin estarlo, mi entendimiento, fecundo siempre para el mal, lo inventó con pasmoso ingenio. Burleme después de la desgraciada joven a quien sacrifiqué y yo mismo aplaudí su deshonra en reunión de inicuos amigos y calaveras. Llevado de no sé qué perversos instintos, que desde entonces han sido causa en mí de espantosos remordimientos, llegué hasta a suponer en aquella infeliz faltas que no había cometido, y torpezas y tratos con otros hombres que jamás se acercaron a ella. ¡Escupir el cadáver de la víctima que se acaba de inmolar, no es tan vil como lo que yo hice! ¡Ay! ¿Por qué no taladró mi lengua un hierro encendido como esos que he visto esta tarde en la fragua del patio? ¡Oh, Dios mío! ¿Por qué no quedé paralítico, ciego y mudo, sin sentido para la maldad, y solo con pensamiento para meditar en mi merecida ruina y pensar en mi salvación?

»Nació un niño a quien pusieron por nombre Salvador. Me lo dijeron y lo oí como si oyera decir: "La vaca del vecino ha parido un ternero". Ya no volví a Pipaón desde que proyecté casarme con otra mujer. Olvidado de mí aventura, llegué sin embargo a entender que la hermosa hija de don Pablo el Riojano había quedado en la miseria. Nada hice por ella; poco a poco fue envolviéndose en nubes de misterio lo sucedido y la madre y el hijo no existieron para mí. Hace tres años dijéronme que un joven llamado Salvador Monsalud había aparecido en la Puebla en compañía de su madre, mujer melancólica, piadosa y enferma. Sentí cierta aflicción inexplicable, pero nada hice. El amor de mi hijo legítimo me ocupaba por entero. Hace poco, y aún hoy mismo, doña Perpetua me ha recordado la antigua y casi olvidada deuda; mas preocupado con mis preparativos de guerra y soñando con gloriosas hazañas, apenas detuve el pensamiento en los dos desgraciados seres que tan cerca estaban de mí...

»Ha tiempo, sin embargo, que el arrepentimiento trabaja en mi alma, labrándose en ella un hueco con lentitud, pero con constancia. He vuelto los ojos a Dios aunque de soslayo, y a fuerza de pensar en mis culpas y en la justicia divina, he llegado a considerar que el mejor desagravio que a Dios podía ofrecer era sacrificarle los últimos días de mi vida, combatiendo por la fe verdadera contra los herejes y renegados. En mi necio orgullo no he comprendido hasta ahora que Dios no podía aceptarme como diligente servidor, ni menos premiar mi arrojo. Clara, como la luz del Sol al medio del día, veo ahora su mano llevándome al destino y fin deplorable que merecía; veo su lógico designio, obra de la perpetua justicia, en los sucesos de esta tarde, y más que en otra cosa alguna, en la presencia de ese joven, de ese ejemplo vivo de mis crímenes, de esa venganza humana y celeste, de ese malaventurado hijo mío, que con la frialdad de los verdugos y la crueldad de un enemigo vencedor se me ha puesto delante para anunciar la muerte que merezco. ¡Oh! merezco más, mucho más, Señor, merezco vivir después de lo que he visto.

»Las facciones de este muchacho han producido en mí incomprensible turbación; su nombre, pronunciado por él mismo, ha caído sobre mí como un rayo celeste. Ya sé cómo suenan las trompetas del Juicio. Dios mío, estoy humillado, vencido y me arrastro por el suelo como un insecto miserable, buscando tu pie soberano para que me aplaste. Me creo indigno hasta de mirar la luz del día que criaste lo mismo para los buenos que para los malos. Señor, la muerte que me aguarda no será bastante cruel para lo que yo merezco. Un hombre que lleva mi sangre y debiera llevar mi nombre, me custodia en esta mazmorra hasta que llegue el instante de la muerte; y él mismo, si se lo mandan...»

Don Fernando no se atrevió a continuar la frase, que no era dicha sino pensada, y aun así la sofocó cortando el vuelo de su pensamiento, suspendiendo la fórmula oscura del lenguaje con que discurrimos a solas y en silencio; pero no pudo cortar, ni atajar, ni detener la idea que surcó por su cerebro como un relámpago. Espantado de ella, se afirmó con ambas manos las abrasadas sienes, sacudiéndose a un lado y otro la cabeza. Si quisiera arrancársela y arrojarla lejos de sí, como un despojo inútil, no lo hiciera de otra manera.

Oyó una voz alegre que cantaba y al mismo tiempo abrieron la puerta. Monsalud entró alumbrándose con una linterna, y traía además una botella de vino.

—Señor don Fernando —dijo desde la puerta—, aquí le traigo esto para que entone el cuerpo y le ayude a pasar los malos ratos de esta noche.

XVIII

Salvador adelantó con paso inseguro, dirigiendo la luz de la linterna a todos los lados de la estancia.

—¿En dónde se ha metido usted? —dijo riendo a carcajadas como quien ha perdido el equilibrio de sus facultades—. ¡Ah! Está usted en el rincón... ¡qué postura! De ese modo piden los ciegos en los caminos.

Don Fernando Garrote, ante aquellas burlas, sintió que su sangre se trocaba en hielo.

—Entre esta gente —dijo con mucha aflicción— ¿es costumbre burlarse de los desgraciados que van a morir?

—Perdóneme usted —añadió el joven luchando con el extravío de sus sentidos—. No sé lo que digo... Esos pícaros hicieron propósito de embriagarme, y si no me levanto pronto...

—Vicio muy feo es el de la embriaguez —afirmó Garrote—. Un joven valiente y noble como tú, ¿será capaz de degradarse, abusando del vino?...

—No, no señor —repuso Salvador, en quien la vergüenza pudo por un momento más que la turbación de su mente—. Nunca he sido borracho, pero de poco tiempo a esta parte me dan tales tristezas y se me acongoja el alma de tal modo a consecuencia de mis desgracias, que algunas veces...

—¡Pobre muchacho! —dijo el guerrero, acercándose a Monsalud, que, puesta en el suelo la linterna y la botella, se había sentado junto a ellas—. Me parece que como joven inexperto y sin fundamento, no te vendría mal recibir algunos consejos, y voy a dártelos.

—Pues toca la casualidad de que yo no he venido a recibir consejos, sino a acompañar a usted un tantico y traerle algo confortativo, porque siempre me da mucha compasión de ver a un hombre condenado a morir por cosas de guerra, y aunque este hombre sea mi enemigo, sí, mi enemigo por varias causas, siempre procuro que sus últimas horas no sean muy tristes. Conque guárdese usted los consejos y beba vino, si gusta.

—No beberé —repuso don Fernando—; pero pues dices que vienes a hacerme compañía, acepto el obsequio de un poco de conversación.

—¿De qué vamos a hablar?

—De ti.

—¡De mí! —exclamó Salvador, otra vez atacado de la nerviosa hilaridad que tanto disgustara a Garrote—. ¡Bonito asunto! Tanto vale hablar del infierno.

—Al verte entre franceses, joven, apuesto, y con esa expresión de nobleza que tiene tu persona...

—¡Oh qué lisonjero está el buen hombre! —dijo Monsalud—. Amiguito, no me adule usted, pues aunque compasivo no me vendo por alabanzas.

—Al verte así —continuó Garrote— he pensado que solo seducido y engañado ha podido un joven de tanto mérito entrar al servicio del Rey José y de los enemigos de la patria y de la religión.

—Ni seducido, ni engañado, sino por mi propio gusto y libre voluntad —respondió el mancebo con firmeza.

—¡Y por tus venas corre sangre española! ¿No aborreces a esos herejes, asesinos y ladrones, de cuyos crímenes horrendos eres cómplice, sin duda, por inocencia?

—No les aborrezco, sino que les estimo.

Don Fernando cruzó las manos y elevó los ojos al cielo.

—Les estimo —prosiguió Monsalud— porque ellos me ampararon cuando de todos era abandonado; diéronme de comer cuando me moría de hambre, y me pusieron este uniforme que han llevado los primeros soldados del mundo y los vencedores de toda Europa.

Garrote se estremeció de espanto, y un abatimiento angustioso sucedió a su anterior excitación.

—¿Pero tan pobre estabas y tan desamparado de todo el mundo, que necesitases venderte a los franceses para vivir?

—Pobre y desamparado, sí, porque mi madre había perdido la poca hacienda heredada, y no teníamos sobre qué caernos muertos. Yo fui a Madrid, y un tío que allí tengo, me metió en un regimiento de la guardia jurada.

—Pero tu deber es pelear por la patria. ¿No ves a toda la nación en masa sublevada contra esos viles? ¿No ves el desprecio y el odio que inspiran? Observa bien que entre los pocos españoles que sirven en las filas francesas, no hay uno solo que sea persona honrada.

—¡Calumnia! Los hay muy buenos y yo no me tengo por ladrón, señor Garrote —dijo Monsalud enojándose un poco—. Y punto en boca sobre esa materia.

—Poco a poco, joven, no he querido ofenderte —repuso Navarro con tanta humildad y timidez como un chico de escuela—. Te diré cuál ha sido mi intento. Al verte, sentí profundas simpatías hacia ti, y tanto me entristeció ver a un joven de mérito en la vil condición de afrancesado y en la torpe esclavitud de esa canalla, que me atreví a esperar que los consejos y la autoridad de este infeliz anciano, próximo a morir, tendrían alguna fuerza para desviarte de ese infame camino, ¿Me equivocaré, Salvador? —añadió con expresión muy afectuosa—. ¿Será posible que tu buen corazón y clara inteligencia no respondan a esta cariñosa súplica mía, a este deseo de que te conviertas y dejes a tus viles amos y vuelvas a la santa fe de la patria en que todos los buenos españoles vivimos y morimos?

Monsalud miró a don Fernando por breve espacio, de hito en hito, y después rompió a reír con estrépito y descaro. El insigne Garrote no pudo contemplar por mucho tiempo aquella faz burlona, porque tuvo que esconder la suya entre las palmas de la mano, para ocultar el llanto.

—No ha sido malo el sermón, padrito —dijo el mozo—. ¿Y usted qué pedazo de pan se lleva a la boca con que yo sea afrancesado o deje de serlo? A fe que me divierto oyéndole. ¡Buen modo de disponerse a una buena muerte! A ver, padrito —añadió llenando un vaso de los dos que había traído—, echemos un trago a la salud del gran Napoleón I, Emperador de los franceses y señor de todo el mundo.

—No —dijo don Fernando rechazando el vaso—, no puedo creer que digas tales disparates formalmente. Eres joven, has bebido más de lo regular, y no sabes lo que sale de tu boca... Comprendo bien la causa principal de tu falta. Te sentías con ardor guerrero, heredado, sin duda, del que te dio el ser y la vida, y como los franceses tienen buena labia para deslumbrar a los jóvenes hablándoles de las grandezas del Imperio y de sus fabulosas batallas de Italia y Alemania, caíste en la trampa. ¡Qué necedad! La más arrebatada fantasía no puede soñar triunfos tan grandes como los que hemos alcanzado nosotros en esta guerra contra los decantados ejércitos de Napoleón. Nuestras batallas de Bailén, de la Albuera, de Tamames, de Talavera, y las defensas gloriosísimas de Zaragoza, Gerona y Tarragona, no tienen igual ni aun en los fastos de la antigüedad heroica. Y si estos hechos no fuesen aún de suficiente magnitud para lo que ambiciona tu grande espíritu, ahí tienes diseminadas por toda la redondez de España, esas inimitables partidas de guerrilleros, los más bravos, los más atrevidos, los más generosos y leales hombres de la tierra, los verdaderos libertadores de la patria, los que al fin rescatarán a nuestro adorado Fernando, los que devolverán a la sagrada religión su esplendor y a Dios su reino predilecto.

Antes que concluyera, Monsalud había empezado a reír. Tomó las elocuentes amonestaciones del anciano como materia de placenteras burlas, y resuelto a contrariarle en todo por convicción, le dijo:

—No me hable usted de los guerrilleros, que si hay en la tierra plebe inmunda digna del presidio, ellos son. Compónense las partidas de los asesinos, ladrones y contrabandistas de cada lugar, con más los holgazanes, que son casi todos. Hacen la guerra, por robar, no por echar de aquí a los franceses, y si algún día se acabaran estas misas, el Rey Fernando tendría que colgarlos a todos para poder reinar en paz.

Don Fernando exhaló hondísimo suspiro; mas no desesperanzado todavía de tocar alguna fibra sensible en el corazón del mancebo, le habló así:

—Aunque los guerrilleros fueran como dices, que no son sino lo contrario, no podrías justificar tu conducta. A todos has hecho traición, Salvador, a lo divino y a lo humano; has hecho traición a la patria, a los españoles que son tus hermanos; has hecho traición a tu madre, que sin duda es española también y enemiga de nuestros enemigos; has hecho traición al Rey, bajo cuyo amparo nacimos y en cuya veneranda persona se representa nuestro hogar y el Sol que nos alumbra, y principalmente has hecho traición a Dios, cuya fe, más pura y fuerte en la nación española que en ninguna otra, han venido a destruir los franceses, introduciendo aquí, con la herejía, mil costumbres y prácticas nuevas que no conducen sino al pecado.

—Dios... ¡Buen caso hago yo de Dios! —exclamó el mancebo con un cinismo que llevó a su último extremo los temores de don Fernando—. ¡Qué atrasada está la gente por aquí!... No hay ninguno que haya leído a Voltaire, como lo he leído yo en todas las paradas del viaje desde que salí de Madrid.

—¡Desgraciado! —exclamó el anciano poniendo sus manos sobre los hombros del joven—. ¿Qué estás diciendo?

—¡Dios! Una palabrota y nada más. Si lo hay, que lo dudo mucho, estará allá arriba acariciándose la barba blanca y sin meterse en nuestros asuntos. Dígolo, porque muchas veces lo llamé y... ¿me oyó usted? Pues él tampoco.

—¡Desgraciado! —repitió el anciano—. ¡Mil veces más desgraciado que si cayeras para siempre traspasado por las bayonetas de tus viles amigos! ¿No crees en Dios omnipotente, justo y misericordioso? ¿No crees en la Santísima Trinidad? ¿No crees en la Encarnación del hijo de Dios, ni en su pasión y muerte por redimirnos del pecado?

—¡Oh cuánta monserga y cuánto embrollo! —repuso Monsalud riendo—. ¡La Trinidad! Tres que son uno y uno que viene a ser tres. Bonito lío han armado... Jesucristo no era más que un buen predicador y tan hombre como yo. Y de la llamada Virgen María ¿qué puedo decir sino que...?

—Calla, calla, blasfemo infame —gritó con encendida cólera don Fernando, poniendo su mano en la boca del descomedido muchacho—. Tú no eres, no puedes ser lo que yo creí.

—¿Qué hombre ilustrado cree hoy semejantes paparruchas? Todo eso lo han inventado los frailes para engañar y dominar al pueblo, embobándolo con pantomimas ridículas y prácticas necias. ¡Los frailes! —añadió con cierta petulancia—. ¿Hay casta de cerdos más inmunda en todo el orbe? Yo digo que hasta que no ahorquen al último Papa con las tripas del último fraile, no habrá paz en el mundo. Ellos son los que promueven las guerras, los que hacen estúpidos a los Reyes; ellos son los que han levantado a la nación española, no por religiosidad, sino porque saben que el deseo de Napoleón es quitarles sus inmensas y mal empleadas riquezas para dárselas a los pobres.

—No, no —repetía don Fernando con vehemencia, contemplando a Salvador con atónita atención—; no eres tú lo que yo creí, no eres tú quien yo creí, no, mil veces no, voto a... Afrancesado, traidor a la patria, desleal con el Rey, irreligioso, blasfemo, no te falta sino ser mal hijo para que eternamente estés separado de mí.

—¡Mal hijo! Si lo soy no es culpa mía —dijo el mancebo bebiendo el vino que había escanciado para el señor Garrote—. Mi madre es una excelente mujer; pero muy sencilla e inocente, y se ha dejado dominar por doña Perpetua y por los frailes de la Puebla. Empeñose en que abandonara mis banderas; negueme a ello, echome de su casa, yo salí, se desmayó... Las mujeres no atienden más que a su capricho; son vanas, frívolas, superficiales, mojigatas, y le aburren a uno con sus rezos... No hagamos caso de tales simplezas y bebamos, señor don Fernando. Otro traguito.

—Tu madre —dijo don Fernando— es, según tengo entendido, una santa y honrada mujer, de sanos principios.

—Pues sus principios no son los míos, ni lo serán nunca. Ella adora las atrocidades de los salvajes guerrilleros, y yo las aborrezco; ella se mira en Fernando VII, y yo lo tengo por un principillo corrompido y voluntarioso; ella detesta a los afrancesados, y yo les tengo por muy buenos patriotas, porque quieren regenerar a España con las ideas de Napoleón; ella no puede ver a los que han hecho la Constitución de Cádiz ni a los que se llaman liberales, y yo les admiro por creerlos inclinados a echarse en nuestros brazos...

—¡Perdido, perdido para siempre! —exclamó don Fernando con inmensa angustia—. ¡Sin honor, sin principios, sin patriotismo, sin religión, sin lazo alguno con la sociedad, ni con España, ni con la familia, ni con Dios...! ¡Oh qué aflicción, qué castigo, Dios mío!

—Puesto que usted no quiere probarlo —dijo el sargento, echando otro medio cuartillo—, me lo beberé yo. Luego dormiré seis horas y así se olvidan ciertas cosas, cosas terribles señor don Fernando, que atormentan noche y día.

—Dios te tocará en el corazón, infeliz joven —dijo Navarro— y hará penetrar un rayo de su divina luz en tu oscuro entendimiento, y te reconciliarás con España, con Dios, con tu madre y... Conmigo.

—¿Reconciliarme yo? —dijo el joven severamente dejando a un lado el vaso vacío—. Yo no me reconciliaré jamás; eché los dados. Me voy a Francia; consagraré mi vida a trabajar contra esta fementida patria que aborrezco.

—Justamente despreciado por los hombres y maldecido por Dios, tu vida será un infierno y tu muerte horrorosa y desesperada como la mía. Mírame, en mí tienes un ejemplo de cómo castiga Dios en la última hora a los que han olvidado su doctrina. Sin ser blasfemo ni traidor, como tú, yo he sido muy pecador. He vivido largo tiempo con vida placentera y feliz; pero en esta postrera noche de mi vida, me considero el más desgraciado de los hombres, no seguramente por la muerte que me amenaza y que merezco y deseo, pues los españoles debemos morir como caballeros y como cristianos. Uno de los más amargos motivos de pena para mí, es verte insensible a mis ruegos, degradado, envilecido, verte en el camino de tu total mengua y perdición, sin poder remediarlo; verte en ese estado de locura y embriaguez, aferrado a la maldad. Si respondieras, aunque solo fuese con eco muy débil, a mis sentimientos y a mis ideas, si no me parecieses, como me pareces, un verdadero monstruo, esta pasajera amistad que nos une podría ser un sentimiento más grande, Salvador, mucho más grande y hermoso para ti y para mí.

Monsalud le miró con sorpresa.

—He sentido vivísima inclinación hacia ti —continuó el anciano—. En esta soledad en que me encuentro, ausente de los míos, con un pie dentro del sepulcro y la eternidad llamando a mi alma, tú podrías ser consuelo inefable de este anciano moribundo, recibiendo en cambio de mí lo que jamás has tenido, ni esperas tener.

Monsalud se levantó y con súbita cólera apostrofó al anciano en estos términos.

—Viejo astuto, ¿quieres engañarme con lisonjas y gatuperios para que te deje escapar? Yo no soy como los guerrilleros, que se venden por dinero. Su señoría de la llave dorada no conoce con qué clase de personas está tratando. ¡Pues no es poco sabihondo el viejecito!...

—¡Miserable! —exclamó don Fernando, sin poder contener su cólera y levantándose también—. Veo que en ti no puede caber ningún sentimiento generoso. ¡Mereces la abyección en que vives! Márchate, quiero estar solo.

—¡Si será preciso ponerle algunas arrobas de hierro en los pies al don Quijote de la Puebla! —dijo Monsalud dando algunos pasos, con escasa seguridad...—. Parece que se tambalea el piso... Adiós, hasta después. Tengo que hacer.

Don Fernando fue de aquí para allí con inmensa agitación. Hizo por último el espanto lugar en él una violenta y súbita cólera, que se manifestara en sus gestos y voces de un modo que asombró más a Salvador.

—¡No eres tú, tú no eres, no! —exclamó con atronadora voz—. ¡Me he equivocado! Dios se está burlando de mí... Es un castigo; ¡pero qué castigo, Dios mío!

Sin comprender aquellas palabras, Salvador se detuvo ante el agitado anciano. La generosidad de su noble corazón eclipsada por falsas ideas, y la turbación física en que se hallaba, inspirole algunas palabras consoladoras para el anciano; mas un hecho trivial le desvió de aquel buen camino, separando a uno y otro personaje más de lo que estaban. En la versatilidad de sus juicios, Salvador achacó las incoherentes palabras de Garrote a extenuación y debilidad mental ocasionada por la falta de sustento y el pavor de la próxima muerte. Pensándolo así, echó en el vaso cuanto en la botella restaba, y con intención compasiva, le dijo:

—¡Vaya, pelillos a la mar! señor Garrote... beba usted y le caerá bien... Luego llevaré otro gaudeamos al señor cura.

—Quita allá —contestó don Fernando, apartándose con horror del joven—. Tú no eres quien yo creí... Tú eres de casta de borrachos y traidores.

Recibió Salvador con paciencia el insulto, y empinando el codo, dijo:

—Puesto que usted no lo quiere, no se desperdiciará tan buen vino. Se lo quitamos a unos arrieros que venían de la Nava.

La cabeza de Monsalud, que era de muy poca resistencia para la bebida, a causa de su antigua sobriedad, luego que su cuerpo recibió aquel trasiego, se desorganizó completamente; se oscurecieron sus facultades, desmayose su cuerpo, entrole de improviso la innoble estupidez y el repugnante cinismo de que había dado ya algunas pruebas en la conferencia con su padre, y perdió su carácter, su generosidad, su buen juicio, su discreción, perdiolo todo, para no ser más que un vulgar soldado.

—Señor Garrote... —dijo tambaleándose—, adiós... Parece que se mueve el piso... ¿por qué baila usted?...

—Vete, vete, déjame solo —replicó don Fernando sin mirarle.

—¡Bonito fin han tenido las campañas del padre Respaldiza y del señor Navarro! —exclamó lanzando una carcajada de imbecilidad que retumbó en la estancia como un eco infernal—. ¡Bonito fin!... ¡Échese su merced a guerrillero!... ¡Quién lo había de decir... Aquí está el primer caballero del condado, el de la llave dorada, el gran don Fernando Garrote, que quiso derrotar él solo los ejércitos de Napoleón!... ¿Por qué no trajo consigo a Carlitos para que le sacara del paso?... Me hubiera gustado ver a todo el hato de salteadores de caminos, distribuidos en estas cámaras reales, esperando la orden del coronel... ¡Adiós, señor don Fernando Quijote, adiós... buen viaje!...

Don Fernando se acercó a Salvador, y asiéndole el brazo y apretándole con tanta fuerza como si su mano fuese una tenaza de hierro, le dijo sombríamente:

—Salvador, cuando me saquen de este calabozo haz fuego sobre mí: mi destino es ese, mi castigo no será el castigo que merezco, si no sucede así. ¡Dios lo quiere!

—¿Fuego yo? —repuso el joven con sonrisa de demente—. Yo me voy... Salgo de guardia ahora... Entrará otro... No quiero matar... Me da mucho temblor y me pongo malo.

Lucharon por breve rato en la acongojada alma del guerrero sentimientos diversos. Luego sintió que las lágrimas brotaban de sus ojos; una aflicción horrible le abrumaba. Apartose del joven, corrió luego hacia él, mas su aspecto, su habla, su embriaguez le llenaron de espanto.

—Mi muerte —exclamó— por las circunstancias espantosas que la rodean, no se parece a ninguna otra muerte. Creo que toda la naturaleza se desquicia en derredor mío y que en medio del cataclismo general, vivo muriendo. Me parece que la muerte del malvado, como la del justo entre los justos, no puede verificarse sino entre tinieblas horrorosas y confusión del cielo con la tierra. ¿Es de noche? ¿Es de día? ¿Eres un ángel o un demonio?... Huye de aquí, monstruo mío... No sé lo que siente mi alma al verte y al oírte... ¿Esto es vida o qué es esto? ¡Dios poderoso, acoge mi alma,... y basta, basta ya de suplicio!

El señor Garrote se arrojó al suelo. Monsalud a causa del vino, no vio en todo aquello más que demencia y miedo. Hasta que no se halló fuera y recibió en el rostro el fresco de la noche no se aclararon sus juicios, ni pudo conocer que había estado inconveniente, cruel y... grosero.

XIX

Cuando se quedó solo, elevó don Fernando de nuevo su pensamiento a Dios. Adquirió con esto cierta tranquilidad, cierto reposo emanado de la profunda convicción de su inmensa desgracia, y aceptando aquella amargura se engrandecía a sus propios ojos. La fogosidad de su imaginación llevábale a compararse con los colosos de infortunio, pero superándolos a todos: tan pronto recordaba a Job de la antigüedad hebraica, como a Edipo, de los tiempos heroicos, y hasta en sus coloquios, en sus alegatos ora tiernos, ora coléricos con la divinidad se les parecía.

Después de un instante de estupor contemplativo sintió anhelo vivísimo de comunicar a alguien la congoja de su alma, y se acordó de su amigo Respaldiza, cuya voz había oído poco antes al través del tabique sin hacerle caso. La endeble pared consistía en un armazón de maderas y adobes, cubierta a trechos de viejísimo yeso, que formaba en sus irregulares claros y fajas al modo de un fantástico mapa. Por diversas partes, y principalmente junto al suelo, había muchos agujeros por donde podían pasar el ruido y la claridad, pero no objeto alguno de más grueso que un dedo. Golpeó don Fernando el tabique, diciendo:

—Señor don Aparicio, señor Respaldiza, ¿está usted ahí?

El cura contestó desde la otra parte:

—Sí, señor don Fernando, aquí estoy más muerto que vivo. ¿Con quién hablaba usted?... ¿Hay esperanzas de salvación? Me parece que trataba usted con Salvadorcillo Monsalud... Es mal sujeto, no hay que fiarse mucho de él.

—Amigo Respaldiza —dijo Garrote sentándose en el suelo y apoyando su rostro en la pared, junto a un sitio donde menudeaban las grietas—. Acérquese usted a este sitio donde me encuentro, y óigame. Tengo que hablarle.

—Ya estoy... ¿Hay esperanzas de escapatoria?

—No hay que pensar en escaparse, señor cura. Nuestra muerte es inevitable.

—¡Oh! ¡Dios mío Jesucristo! —exclamó Respaldiza con voz desfigurada por la aflicción y el llanto—. ¿Qué hemos hecho para tan triste fin?... ¿Pero no será posible intentar?... Echemos abajo este tabique; juntémonos, y entre los dos ejecutaremos algo ingenioso para salir de aquí.

—Es difícil. Por mi parte no intentaré nada para salvar esta miserable vida, que es para mí el más horroroso peso. ¡Somos muy pecadores!

—Yo no tanto... ¿pero es posible que no logremos...? ¡Oh! Desde aquí siento los aullidos de esos lobos carniceros, de esos demonios del infierno que nos guardan. Están borrachos, y parece como que bailan y juegan.

—No nos ocupemos de nuestros enemigos, y pensemos en la salvación de nuestras almas —dijo con unción don Fernando—. Señor Respaldiza, usted es sacerdote.

—Sí, sacerdote soy —repuso con desesperación el clérigo—, y como sacerdote, digo que esto es una gran picardía, una gran infamia, un asesinato horrendo. ¡Ya se las verán con Dios!

—Usted es sacerdote —añadió don Fernando— y un buen sacerdote, piadoso, instruido, aunque ahora caigo en que no cuadraba muy bien a su estado tener tan buena puntería; pero sea lo que quiera, usted es un hombre de bien, y un sacerdote cristiano, a cuyas manos baja Dios en el santo oficio de la Misa.

—Sí, sí.

—Pues bien, siendo usted sacerdote y yo pecador, quiero confesarme en esta hora suprema; quiero confesarme, sí, después de treinta y tantos años de impenitencia.

Prolongado silencio anunció el estupor del sacerdote.

—¿No me contesta usted? —preguntó impaciente Navarro.

—¡Confesarse!... Linda ocasión ha escogido usted... Sobre que todavía puede ser que nos indulten.

—No hay que esperar tal cosa. Seamos dignos de nosotros mismos, y muramos como caballeros cristianos.

—¡Morir, morir! —repitió angustiosamente el cura.

Retembló el tabique con sordo estampido. La cabeza de Respaldiza había chocado violentamente contra él.

—Señor don Aparicio —dijo don Fernando después de una pausa—, he visto a Dios.

—¿A Dios?... ¿Dónde, amigo mío, dónde?

—Aquí, aquí mismo en este oscuro calabozo. He visto pasar ante mí también mi vida entera, y me han ocurrido cosas que espantarán a usted en cuanto se las refiera.

—¡Es singular! ¡Ver a Dios y no pedirle que nos sacara de aquí!... ¡Ah! usted tiene razón, seamos piadosos y buenos cristianos en esta hora suprema, único medio de que Dios nos favorezca. Chillar y jurar con desesperación en estos trances no es propio del espíritu cristiano. Recemos, señor don Fernando, oremos humildemente con toda la compostura y devoción posibles. No se me olvidó el rosario; aquí está. Pidamos a Dios de todo corazón que...

—Antes conferenciemos un poco —dijo Garrote— pues no solo tengo que revelar a usted secretos muy graves, sino pedirle consejo y parecer sobre algún punto delicado de mi conciencia.

—Ya soy todo oídos.

—Bien sabe usted, venerable amigo, que he sido gran pecador, un hombre disoluto, despreocupado, vicioso, un libertino. Verdad es que jamás me separé de la Iglesia; pero esto no atenúa mis grandes faltas, ¿no es verdad?

—Verdad. Respecto a sus escándalos, amigo Garrote, muchos y grandes han sido en la Puebla. He oído contar horrores; mas nunca me atreví a reprenderle, por ser usted un excelente sujeto y haber tenido conmigo delicadas deferencias. Tratándose de los más humildes feligreses de mi parroquia, sí me atrevía yo a reprenderles sus vicios; pero a un señorón como usted...

—La ley de Dios es igual para todos... Pero vamos adelante. Muchos desafueros cometí, muchas honras atropellé, muchas desdichas causé, y no hubo casa donde yo pusiese mi planta maldita, que al instante no se inficionase con la corrupción y deshonra que llevaba conmigo.

En este tono y con verdadera humildad cristiana prosiguió don Fernando refiriendo sus culpas, sin detenerse en los casos particulares, hasta que llegando al punto capital de su confesión, dijo lo que sigue:

—Pero la más grave de mis faltas, por el cúmulo de circunstancias denigrantes que en ella hubo, fue la deshonra de una doncella de Pipaón, a quien engañé valiéndome de pérfidas astucias impropias de un caballero, sí, pérfidas astucias y torpísimas artes que voy a enumerar una por una, aunque al referirlas, la lengua parece que se me abrasa y el rubor que enciende mi cara es como si una llama la envolviera toda.

Respiró con ansia, y luego refirió lamentables escenas y acontecimientos que omitiremos por no ser de indudable interés para esta historia. Con los ojos cerrados, apoyada la calenturienta sien contra el tabique, entreabierta la boca, la mano izquierda en el suelo para apoyarse y la derecha sobre el corazón, iba contando don Fernando sus execrables ardides, y soltaba las palabras una a una, cual si su arrepentida conciencia se recrease en las torpezas que echaba afuera, para quedarse pura y limpia. Cuando concluyó aquel capítulo bochornoso, oyose la débil voz de Respaldiza que decía:

—Horroroso, infame, execrable es todo eso; pero el arrepentimiento es sincero, y si grandes son las culpas de los hombres, mucho mayor es la misericordia de Dios.

—Nació un niño —dijo don Fernando, cuya alma se iba sublimando a medida que adelantaba la confesión— y aquí vienen nuevas infamias mías, pues sabiendo que la madre y el hijo estaban en la miseria, no me cuidé de socorrerlos. Un día pasé por Pipaón y enseñáronme al muchacho que estaba jugando en las eras. Tenía los zapatos rotos y todo su vestido hecho pedazos. Causome su vista cierta aflicción pasajera; pero nada más: salí de Pipaón aquella misma tarde, y no me volví a acordar de ellos. Por último, después de más de veinte años de olvido, he aquí lo que sucede... Salgo en busca de fabulosas hazañas, y a los pocos pasos mis ilusiones se disipan como el humo... ila mano de Dios!... Me traen aquí prisionero, y sin más lances me destinan a morir y me encierran en este calabozo... ila mano de Dios!... Luego se presenta un joven, le hago algunas preguntas, me dice su nombre que es el de Salvador Monsalud, y en él reconozco a mi hijo... ¡por tercera vez la mano de Dios!...

—¡Salvador Monsalud! —exclamó el cura alzando las manos—. ¡Ese perdido, ese afrancesado, ese traidorcillo borracho!...

—El mismo, el mismo —dijo Garrote—: es un monstruo, es como el crimen que le engendró, y Dios me lo ha puesto delante para hacerme conocer la horrible magnitud de mis culpas, como un ejemplar vivo del pecado que engendró el pecado.

—Conozco a la pobre doña Fermina, y ahora me explico algunas frases oscuras que sorprendí algunas veces... ya... Es una excelente mujer; pero Salvador es un muchacho arrebatado y sin discreción, ni prudencia, ni honor, ni respeto a los mayores, sin amor a la patria, ni religiosidad, ni sentimiento alguno que le recomiende. ¡Bendito sea Dios, y que cosas hace! ¡Descender, salir de un caballero tan cumplido como usted, de un noble señor, algo libertino, sí, pero ilustre y generoso, esa bestiezuela desleal, ese muchacho sin pudor ni honor!... ¡Bien dice usted que ha sido para castigo!... ¿Está usted seguro de...?

—Hijo mío es: mi vida abominable no podía dar otro fruto. Es hermoso de cuerpo; pero su alma es horrible. Si por favor especial del Cielo yo viviera, la idea de haber dado el ser a criatura tan execrable, sería para mí causa de constante horror.

—¡Oh, sí... le conozco!... Diré a usted amigo mío. Antes de marchar a Madrid, Salvadorcillo no era mal muchacho, aunque muy casquivano y distraído; pero después que se juntó con su tío y renegó, hase vuelto el más despreciable muñeco que puede verse.

—La vergüenza que me causa el ser padre de un renegado envilecido —dijo don Fernando— de un joven, cuyas absurdas ideas son tales que parece que habla Satanás por su boca, es uno de los mayores tormentos de esta última noche de mi vida... Varias veces tuve las palabras en la lengua para revelarle los lazos que a mí le unían; pero enmudecí, porque todo lo que de noble y honrado existe en mi alma se sublevaba contra el fatal parentesco, y aquí, señor don Aparicio de mi alma, entra el grave punto de conciencia que quería consultar con usted después de mi confesión.

—Sepámoslo... pero se me figura que aumenta la algazara de esos borrachos. Parece que se acercan a las puertas de este edificio, y aúllan junto a ellas como una manada de lobos carniceros.

—La cuestión es ésta —dijo Garrote sin hacer caso del terror de su amigo—. Dadas las deplorables circunstancias del carácter de Salvador, sus infames ideas, su irreligiosidad, su traición, su envilecimiento, ¿debo revelarle que es mi hijo?

Calló Respaldiza largo rato, y al fin, repetida la pregunta por don Fernando, contestó:

—Según y conforme... Perverso es el niño, e indigno por todos conceptos de tener por padre a un caballero ilustre y tan patriota como el señor don Fernando, en quien algunas faltas, hijas de la flaca condición humana, no disminuyen sus altas prendas: despreciable es el muchacho, digo; pero por malo que le supongamos, y aunque su herejía y envilecimiento hayan secado en él el manantial de todos los sentimientos generosos, es imposible que al ver a su padre en esta mazmorra, acompañado de un infeliz amigo, no imagine alguna bellaquería o travesura para ponerlos a ambos en libertad.

Garrote dio un suspiro, cambiando de postura, por serle insoportable la que desde el principio del diálogo tenía.

—Yo pregunto con mi conciencia y usted contesta con su egoísmo... Monsalud no puede salvarnos... Además, yo no quiero salvarme, ¡no, mil veces! yo deseo la muerte.

—¿No puede salvarnos? —preguntó el cura con desconsuelo.

—No, porque sus compañeros no se lo consentirían, y además ha dejado hace un rato de ser nuestro carcelero, y en este momento, quizás esté con su regimiento camino de Vitoria.

—¡Oh qué desgraciada suerte!... ¡Me parece que esos condenados nos quieren asesinar!... ¿Oye usted sus infames carcajadas?

—Las oigo, sí, pero no las escucho... El parecer de usted es lo que me preocupa y lo aguardo con impaciencia.

—Por todos los santos, si no ha de ver más a Salvador, ¿para qué ha de quebrarse los cascos por saber lo que más conviene decirle?

—Únicamente pido a usted consejo —dijo Navarro con impaciencia— sobre mi conducta pasada. Es decir, ¿hice bien o hice mal en callar el secreto dejando a ese desgraciado en la orfandad lastimosa que a mi juicio merece?

—Bien, bien, admirablemente hecho —repuso el clérigo con cansancio—. El infame mozuelo que se ha vendido a nuestros enemigos, que abandonó a su madre, que se burló descaradamente de mí, amenazándome con ahorcarme, no tiene derecho a ser hijo de alguien, no, ni menos a enfatuarse con descender del nobilísimo tronco de los Navarros.

—Pero revelarle todo habría sido grande humillación, habría sido ponerme al nivel de su bajeza, de su herejía, de su villanía, y por tanto habría sido también expiación de mis culpas, y nuevo purgatorio añadido al que merezco y necesito.

—No tanto, no tanto —afirmó el cura—. Bastante ha padecido usted en descargo de sus pecados. Revelar a Salvador la nobleza de la sangre que por sus venas corre, sería en cierto modo santificar sus errores, y conviene que siga abandonado a su triste destino. Allá se las entenderá con Dios. El deber de usted consiste en perdonarle y pedir a Dios que ilumine al perverso mancebo.

—Pecador fui, pecador soy —dijo don Fernando elevando al cielo los ojos y cruzando las manos—, pero he conservado los sentimientos fundamentales, el amor de Dios y el honor... Aborrezco todo lo que Dios aborrece, y amo todo lo que Él ama... ¡Oh señor mío Jesucristo, tú que me ves en esta última hora renegado por el arrepentimiento y la penitencia, no quieres, no puedes querer que ese miserable lleve mi nombre; tú no puedes querer que en su detestable vida asocie su infamia a mi apellido, y ya que no me deshonró en vida con su traición, me deshonre muerto! ¡La traición! Solo al pronunciar esta palabra, tiemblan mis carnes, y mi alma entrevé un infierno de vergüenza, más espantoso que el de las llamas que abrasan el cuerpo. ¡La traición! ¡Pasarse al enemigo, ser bandido como él, ateo como él, ladrón como él, borracho como él! ¡Ah! Todos los crímenes, incluso los que yo he cometido, me parecen faltas veniales comparadas con esta. Quédese, pues, ese malaventurado hijo mío en la oscuridad de su nacimiento, que será perpetua y profunda, como las tinieblas que envuelven su alma. Él ha querido ser espúreo, espúreo será. Si la naturaleza nos hizo proceder el uno

113

del otro, entre un renegado por convicción y un caballero español, entre un insensato ateo y un cristiano piadoso, entre un jacobino de esta nueva raza execrable, condenada por Dios, y un hombre recto, vasallo humilde de su Rey, no debe, no puede haber parentesco.

Dijo esto don Fernando Garrote en alta voz, al modo de oración, y tan creído estaba de que Dios, a quien tal discurso dirigía, aprobaba sus sentimientos y su rigurosa intolerancia, que se quedó muy tranquilo, meditando sobre las profundidades del ancho abismo abierto entre él y su abandonado hijo.

—¿No les oye usted? —gritó de pronto Respaldiza, golpeando el tabique—. Han vuelto a acercarse a la puerta de este cuarto y gritan y juran. ¡Parece que se alejan! ¿Oye usted, señor don Fernando?

—Y si por favor especial de Dios —repuso Garrote, indiferente al pánico de su compañero de desgracia, y mortificado por punzantes dudas—, ese infeliz muchacho al verse honrado por ni nombre, se enmendara de sus extravíos...

—¡Enmendarse! —exclamó el cura—. Haríalo hipócritamente por engañarle a usted si vivía...

—Es verdad, es verdad, no puede ser —añadió don Fernando—. Los que nos han puesto el infame mote de *serviles*, los que insultan a los valientes guerrilleros, llamándoles ladrones de caminos y asesinos, los que en sus inmundas gacetas hacen befa de las cosas santas y de los ministros de Dios, y parodian a los franceses, imitando su lenguaje, sus costumbres, sus ideas, esos no pueden ser nuestros hijos, ni nuestros hermanos, ni nuestros primos, ni nada que con nosotros se roce y enlace, no pueden de ningún modo nacer de nosotros... Esa gente no es gente, esos españoles no son españoles. Entre ellos y nosotros, lucha eterna.

—Para poner motes se pintan solos —dijo el cura, dejando caer una gota de humor festivo en la amarga copa del aflictivo diálogo que uno y otro bebían—. A nosotros nos llaman *lechuzos*, y a la Santa Inquisición la llaman *Chicharronismo*. No puede darse desvergüenza igual. Por eso es cosa corriente en el país, que a los guerrilleros de estas montañas les queda mucho que hacer, después de acabar con los vándalos de fuera.

No lo oyó don Fernando, porque se había arrastrado a gatas hasta el centro de la pieza y allí puesto de hinojos, con los brazos alzados y la mirada fija en el techo, entabló nuevo coloquio con la Divinidad, en estos términos:

—Señor que me has criado, que me has conducido a este fatal término, mi castigo ha sido grande, pero merecido... ¡Oh! si volviera a nacer, no saldría jamás del camino de la justicia y del deber... Me has puesto delante el monstruo engendrado por mis pecados, me lo has puesto delante para que vea qué horribles frutos deja en el mundo la depravación. Para tormento y horrorosa penitencia mía, el dulce regocijo que la naturaleza debía infundirme en presencia de este joven, se ha trocado en vergüenza, en aborrecimiento, en horror. ¿No es bastante pena, Dios mío?... Cumplo con mis deberes de cristiano resignándome a morir, y sufriendo el bochorno que mi parentesco con tal monstruo me produce; cumplo con mis deberes de caballero y de español, repudiando a ese hijo precito y apartándole de mí y de mi memoria para siempre. ¿Es de tu agrado esta conducta, Dios mío? Mi conciencia está tranquila, y muero en ti, fiando en que mis pecados serán perdonados, y mi conducta como cristiano, como caballero y como español aprobada en tu supremo tribunal.

¿Qué respondió Dios a esto? Pronto lo sabremos.

Don Fernando se humilló en el suelo y dijo para sí:

—¡Virgen santa! ¿por qué me empeño en estar tranquilo y no lo estoy?

Respaldiza le llamó, diciéndole con voz angustiosa:

—Señor don Fernando de mi alma, ¿no les oye usted? Parece que quieren echar abajo la puerta de este cuarto. Chillan, chillan y vociferan... Sin duda quieren asesinarme; señor don Fernando, por amor de Dios, ampáreme usted.

En efecto, oíase violento rumor de golpes y porrazos. Don Fernando, que hasta entonces no había tenido miedo a la muerte, sintió escalofríos en todo su cuerpo, y el corazón le palpitó con vivísima inquietud.

—No, no estoy tranquilo —dijo para sí—. ¡Si permitirá Dios que tenga miedo en esta hora tremenda!... Conciencia mía, ¿estás tranquila?

—Esos salvajes quieren penetrar aquí para ensañarse en mi cuerpo miserable —gritó entre sollozos el cura—. ¡Señor mío Jesucristo, piedad! ¡Piedad, santa Virgen de la Asunción, señora y patrona mía!

—Esto es horroroso —exclamó don Fernando corriendo de un lado para otro en la oscura pieza—. Que nos fusilen... pero que no nos arrastren, ni nos destrocen, ni nos escupan, ni nos insulten... ¡Piedad, misericordia!

Los gritos de la salvaje turba que graznaba en la puerta del calabozo, donde viviendo aún moría de terror el desgraciado don Aparicio Respaldiza, aumentaban de rato en rato, y al fin era tanto el ruido que don Fernando no pudo oír los lamentos de su infeliz amigo. Oyó sí que la puerta se rompía; conoció que multitud de soldados franceses y algunos españoles entraban en tropel, rugiendo como bestias coléricas; comprendió que se abalanzaban sobre el pobre sacerdote y oyó estas palabras en claro y soez castellano:

—Cortarle las orejas.

Después llegaron a sus oídos agudísimos ayes y clamores de la infeliz víctima; sintió que la llevaban fuera atropelladamente y la fúnebre y horrenda procesión se, presentó a su fantasía con formas tan espantosas, que tuvo miedo, un miedo indescriptible, inmenso, y cayó de rodillas, clamando:

—Señor mío Jesucristo, ¿todavía más?

Parecía que una voz contestaba desde lo alto:

—Sí, más todavía.

XX

Luego que Monsalud saliera de la prisión, se serenó un tanto; mas por algún tiempo estuvieron aún sus entendederas en lastimoso eclipse. No era de aquellos a quienes la bebida impulsa a desaforados disparates de palabra y obra, sino que por el contrario en aquella su embriaguez primera, después de algunos minutos de estúpida animación, sintiose amodorrado y con tristeza tan congojosa, que el cielo parecía habérsele puesto sobre los hombros. Sus amigos españoles renegados y franceses bebían y jugaban a los naipes, reunidos en alegres grupos dentro de la sala que servía de cuerpo de guardia y también en el patio. Los del convoy, paisanos y militares, habían ido allí atraídos por el olor de los riojanos pellejos; pero como se acercara la hora de partir y el descanso de bestias y hombres había sido grande, se disponían a seguir adelante.

Salvador advirtió que algunos jurados y cazadores franceses, solivian- tados por el vino, hacían tan infernal ruido como si todo el ejército de José estuviese bailando dentro de una sola pieza. Mareado y aturdido, anhelando silencio y reposo, Monsalud huyó de su compañía y fue al patio, donde algunos paisanos graves y sargentos con ínfulas de coroneles, dirigiendo en pomposas espirales hacia el limpio cielo, cual si quisieran empañarlo, el humo de sus pipas, hacían cálculos sobre la campaña emprendida y los acontecimientos que se aguardaban para el día siguiente.

—Salvador —dijo un francés, asiendo a nuestro amigo por un botón de su uniforme—, ¿has oído algo?

—¿De qué? —preguntó Monsalud dejándose caer sobre un banco y cerrando los ojos.

—De la campaña. Toda la división está en movimiento. ¿No oyes las cajas al otro lado del Zadorra?

—Sí, ya las oigo.

—Buena hora has escogido para dormir —añadió el francés intentando poner en pie al aturdido joven—. Arriba, muchacho, que nos vamos.

—¿A dónde?

—A Vitoria con el convoy grande.

—¡Con el convoy grande! —repitió Salvador alargando los brazos cual si quisiera alcanzar el cielo con ellos—. ¿Pues no ha salido ya?

—¡Bestia! El vino te ha puesto el entendimiento del revés. Salieron los carros que llevó consigo el general Maucune.

—¿Y nosotros salimos ya o estamos aún aquí? —preguntó Salvador—. Juro a usted señor Jean-Jean, que no lo sé.

—Te lo explicaré a puñetazos —repuso el formidable dragón.

Zumbido lejano atrajo entonces la atención de todos.

—¡Un tiro de cañón! —exclamaron unos.

—¿Hacia qué parte?

—Juro que es hacia Subijana.

—Hacia la Puebla.

Monsalud participando de la general curiosidad, trató de sacudir el pesado sopor que embargaba sus sentidos.

¡Una batalla!... ¿pues qué hora es?

—Quizás las avanzadas estén reconociendo alguna posición... Señores, mañana 22 será un día de sangre, lo dice Plobertin, que ha visto el Sol de muchos días de batalla.

—Es desgracia que nosotros no podamos asistir a la gran acción que se prepara, señor Jean-Jean —dijo Salvador— y que a hombres de tal temple les destinen a custodiar cofres y estuches.

—¡Oh, joven Epaminondas! —repuso con socarronería el astuto dragón—. No envidies a los que se han de cubrir de gloria en el día de mañana. Soldado viejo soy, y te juro que mientras más cruces gano para mí y más tierras conquisto para nuestro Emperador, más anhelo la paz. Marchemos tras los cofres y por el camino. Seamos galantes con las señoras que van en el convoy, recomendándonos a ellas como soldados de Friedland y de Essling, y glorifiquemos a la Francia y bendigamos a Napoleón... por no habernos llevado a la campaña de Rusia.

Reinaba cierta inquietud entre la tropa que no había perdido el sentido con la embriaguez. Por otra parte, varios paisanos y bagajeros y unos cuantos soldados franceses de la peor especie, se habían cogido del brazo y recorrían parte del camino en burlesca procesión, gritando y cantando: algunos de ellos, que apenas podían tenerse en pie, eran llevados en vilo por sus compañeros. Luego que berrearon a sus anchas, insultando a las infelices señoras que aguardaban junto a sus coches la partida del convoy, tomaron al patio, y acercándose a la puerta que daba entrada a las habitaciones de los presos, la golpearon de tal modo con patadas y puñetazos, que a ser débil se quebrantara al instante hecha menudas piezas. La turba embriagada quería que le entregaran a los dos infelices prisioneros para anticipar el castigo impuesto por la superioridad militar.

—¿Pero aquí no manda nadie? —dijo el francés que respondía al nombre de Plobertin—. Esta canalla hará una atrocidad si la dejan.

—¡Que nos entreguen al cura, al cura! —gritaba la turba furiosa—. Al cura y al sacristán.

Y golpeaba la puerta, que a fuerza de porrazos comenzaba a resentirse.

—Aquí viene el capitán —dijo Jean-Jean—. Mandará dar veinte palos a los borrachos, y hará cumplir la sentencia.

Un capitán francés reprendió a los revoltosos su estúpida crueldad, amenazándoles con fuerte castigo; pero aquel, como los demás oficiales alojados allí, estaba en gran zozobra por causa más grave que las travesuras de algunos soldados ebrios, y regresó al lado de sus compañeros, dejando tras sí el tumulto el tumulto que de nuevo estallara con más fuerza.

—Vámonos por no ver esto —dijo Plobertin—. Parece que algunos carros se han puesto ya en marcha...

—Nosotros formamos a retaguardia —dijo Monsalud— hay tiempo todavía.

—La gentuza vuelve a las andadas —indicó Jean-Jean—. La puerta no resistirá mucho tiempo más: no es esa la Zaragoza de las puertas.

—¡Que las paguen todas juntas! —afirmó otro individuo del respetable cuerpo de dragones—. Ese cura y ese sacristán son guerrilleros, que es como decir salteadores de caminos. Pues qué ¿les hemos de tratar con mimo, después que ellos han asesinado a centenares de hombres pertenecientes, como quien no dice nada, a la nación francesa?

—¡A la nación francesa! —repitió el zapador Plobertin encendiendo su pipa—. La nación francesa pide venganza... La verdad es que el cura y el sacristán no merecen mis simpatías.

—Pues yo —dijo Monsalud con resolución— si encontrase quien se decidiera, arremetería contra esa chusma y les haría entrar en razón.

—Joven Temístocles —exclamó Jean-Jean— menos fuego. ¿Pueden tus paisanos colgar de los árboles racimos de franceses, descuartizarlos, meterlos en los pozos y asarlos en los hornos, y nosotros no podemos ni siquiera desorejar a uno de tus desalmados curas y monagos?

—El honor de la Francia —dijo Plobertin— pide que se les fusile al momento.

—Pero sin martirizarlos vergonzosamente —añadió con viveza Monsalud—. Si el Rey lo sabe, castigará a los que le están deshonrando con esta algarada salvaje.

—En esto de mortificar a los guerrilleros y curas con pistolas —afirmó Jean-Jean— yo digo como nuestro glorioso rey Luis XV de la antigua dinastía: *Laissez faire, laissez passer*. Con que a caballo, señor Monsalud, que marcha el convoy.

La confusión y el alboroto iban en aumento, y no había autoridad que mandase, ni voz alguna que contuviese a los desalmados. Fueron y vinieron

119

algunos oficiales, pero sin desplegar la energía que el caso requería, porque acostumbrados a considerar a los guerrilleros como bestias malignas, toleraban los desmanes de la embriagada soldadesca, o al menos no se cuidaban de atajar una brutalidad que creían justificada por la salvaje fiereza de los partidarios.

La puerta cedió al fin, y los gritadores se precipitaron por ella dentro del edificio. Encontrábase primero frente a la puerta principal otra más pequeña que era la que daba ingreso a la celda del cura, y que por ser endeble, fue brevemente echada al suelo de una patada. Pocos momentos después, el infeliz don Aparicio Respaldiza salía empujado y arrastrado por la soldadesca, mutilado el rostro, cubierto de sangre, abofeteado, injuriado, escupido. Medio muerto de espanto, encomendaba el desgraciado su alma al Señor, y en aquel momento angustioso, aquel hombre no exento de faltas, aunque tampoco perverso, mal sacerdote, sin duda, pero antes por error y falsas ideas que por maldad, si tuvo la flaqueza de pedir misericordia a sus viles verdugos, luego que se vio arrastrado irremisiblemente al suplicio sin vislumbrar remedio, les perdonó a todos y supo morir como cristiano.

Llevole la turba a un campo cercano donde algunos robustos árboles convidaban a aquellos cafres a colgar del alto ramaje el cuerpo del infeliz enemigo vencido e indefenso, y mientras se consumaba el sacrificio, se regocijaban con la idea de repetir la función en la persona de aquel a quien llamaban el sacristán, a pesar de que su aspecto no indicaba tan humilde oficio.

Monsalud, que desde el patio presenciaba la feroz escena, baldón del humano linaje, mas no por eso rara en aquella guerra que tanto tenía de heroica como de salvaje, sentía en su alma violentísimo coraje y vergüenza. Al ver que llevaban al suplicio, ya mutilado y moribundo, al infeliz Respaldiza, acordose del otro preso; un vago sentimiento agitó su pecho, sintió algo semejante a dulce recuerdo o a esos misteriosos rumores del corazón, que a veces gimen en los oídos de nuestra alma, sin que entendamos claramente lo que quieren decirnos. Inquieto y dominado por profunda aflicción, que no acertaba a explicarse, dirigiose a la rota puerta del edificio. Allí estaba el sargento poco antes encargado de la custodia de los prisioneros, y en compañía de dos o tres bárbaros como él contemplaba estúpidamente, con las manos juntas atrás y su pipa en la boca, el fúnebre *via crucis* del cura hacia el monte cercano.

—¡Bestia! —le dijo enérgicamente Monsalud—. ¿De ese modo guardas a los prisioneros?

El sargento soltó la carcajada de la insensibilidad aumentada por el vino, y alzando los hombros, repuso:

—¿Y qué?... ¿No les habían de matar de madrugada?... ¿Dónde están los oficiales? Si ellos no cumplen con su deber, ¿qué puedo hacer yo?

—¡Miserable! —gritó el joven con furia—. Si esos verdugos se hubieran empeñado en romper esa puerta antes de las doce, hora en que salí de guardia, me habrían cortado a mí las orejas antes de tocar el pelo de la ropa a los prisioneros... Déjame entrar; queda ahí dentro un infeliz, que no morirá como mueren los cerdos.

El sargento y los suyos hicieron como que querían defender la puerta.

—¡Atrás! —gritó Monsalud—. Dame la llave de la prisión del sacristán.

Briosamente arrebató la llave de manos del carcelero.

—Monsalud —dijo el sargento fingiendo la entereza de un hombre de bien— ¿quieres salvar a ese hombre? Está más loco que don Quijote, y a todos los que entran a verle les llama hijos para que le pongan en libertad.

—¡Estúpido farsante! —repuso el joven—. ¿Te atreves a darme lecciones de disciplina, de honor y de obediencia, tú que has faltado a todas las leyes de la Ordenanza y de la humanidad?

—Lo digo —añadió el carcelero echándosela de bravo—, porque para sacar de aquí al sacristán, pasarás sobre mi cadáver.

—¡Y sobre el mío! —repitieron los otros, algunos de los cuales no se podían tener de borrachos.

—¡Atrás, a un lado! —vociferó Monsalud abriéndose paso y tomando la linterna que estaba en el suelo—. No puedo salvar a ese hombre, porque el general le ha condenado a morir; pero mientras yo aliente, canallas cobardes, un caballero honrado y decente no morirá, ya lo he dicho, como mueren los cerdos. Los infames vuelven; no hay tiempo que perder. Adentro.

Abrió con mano firme la puerta del aposento en que gemía don Fernando Garrote. El infeliz anciano, al sentir que sacaban arrastrado a su compañero, después de mutilarle, había sentido como antes dijimos, un terror violentísimo que dio al traste con toda su entereza y varonil grandeza de ánimo. Extraviose su razón, dio voces, y cuando entró el sargento le habló como si fuera Salvador. Levantose del suelo en que yacía y como un loco corrió de un muro a otro buscando salida, y se aporreó las manos contra ellos, cual si a puñetazos pudiese horadarlos. La unción religiosa huyó de su mente; huyeron la resignación, la paciencia, la cristiana humildad, dejando tan solo el impetuoso instinto. Gritaba con desesperación:

—Jesús divino; ¡solo tú sabes padecer, solo tú sabes morir! Soy hombre y acepto la muerte; pero no el tormento, no la vergüenza, no el martirio, no las manos ni la saliva de la soez plebe en mi rostro, ni la ignominiosa cuerda en mi cuello, ni el vil filo de sus navajas en mi piel... ¡Piedad, misericordia, Dios mío! ¡No tengo valor! Soy una mujer, un pobre niño...

Con febril ansiedad, y aunque sabía que ninguna arma llevaba sobre sí, registró todos sus bolsillos y ropas, buscando un corta-plumas, una aguja, un alfiler con que darse la muerte.

—¡Nada, nada! —exclamó con desesperación—. Dios poderoso, ¿tan malo, tan perverso he sido?...

En aquel instante una claridad rojiza deslumbró sus ojos, y en medio de ella, como el ángel de una aparición divina, vio don Fernando Garrote a Salvador Monsalud. Sorprendido por aquella imagen que en el momento de la más abrumadora angustia se le presentaba, don Fernando cayó de rodillas.

—¡Eres tú, Salvador, hijo mío querido, eres tú! —exclamó desahogando con efusión su alma—. Vienes a salvarme... Sí, sí. Tengo miedo, Dios me abandona y no me permite morir con la dulce y tranquila muerte del buen cristiano.

—He tenido lástima —dijo Salvador con voz balbuciente— y he venido...

—¡A salvarme!... ¡Oh, justicia! ¡oh, lección divina! —gritó vertiendo amargas lágrimas don Fernando Garrote—. ¡Has sido tú más generoso que yo! Sí, más generoso, querido hijo mío... Bien me decía el corazón, que mi conducta era egoísta y mezquina. Salvador, por orgullo, por preocupaciones más fuertes para mí que la razón, por egoísmo, te oculté un secreto, cuya confesión debía ser para mí una deuda sagrada.

Salvador no comprendía nada, y pensando tan solo en el objeto de su visita, dijo:

—Pronto llegarán: aún puede usted...

—He sido un miserable, he sido un egoísta, las ideas adquiridas en las disputas de los hombres, las he sobrepuesto a los sentimientos más dulces de mi corazón, a mi conciencia y a mis deberes. Salvador, este miserable que ves aquí a tus pies, humillado y envilecido, es el que te ha dado la vida, es tu propio padre, que por su mala suerte y su indisculpable apatía, no ha tenido hasta ahora la dicha de conocerte.

El semblante de Salvador, atónito primero, expresó después la más desconsoladora incredulidad. Una sonrisa, impropia ciertamente del lugar y de la ocasión, vagó por sus labios; pero recobrando al punto su seriedad, y movido a gran compasión por el triste estado mental que en el anciano suponía, le dijo con frialdad:

—Señor Garrote, yo no tengo padre.

Estas palabras atravesaron como una espada de hielo el corazón del desgraciado Navarro.

—En nombre de tu santa y buena madre, en nombre de Dios —dijo— en nombre de Dios, no me desmientas... He sido un infame egoísta, he sido un necio lleno de orgullo hasta en esta ocasión tristísima, pues hace un momento me horrorizaba la idea de llamar hijo a un traidor renegado. Dios me ha castigado por esto; pero siempre misericordioso conmigo, te me ha puesto delante en mi última hora, para que mi confesión sea completa. ¡Bendito sea Dios!

—Desgraciado loco —dijo Monsalud, contemplando al reo con impasible calma y profunda lástima, tan extraño a los sentimientos que este expresaba, como si fueran de otro mundo—. Comprendo que en situación tan afligtiva, trate de seducir a sus carceleros, llamándoles sus hijos. Todo es inútil conmigo, porque no he venido aquí a librarle a usted de la muerte.

—¡No me cree! —rugió don Fernando arrojándose en el suelo—. Dios mío, Dios justiciero que así prolongas mi castigo, ¿más todavía?

Una voz del cielo pareció responder:

—Sí, todavía más.

—Viendo que era inevitable para usted un fin tan horrible como el del pobre Respaldiza —dijo Salvador llevando la mano al cinto donde tenía las pistolas— y suponiéndole hombre de valor, he creído que era caritativo proporcionarle un medio de evitar la ignominia de martirio tan bárbaro.

Don Fernando se levantó de súbito. Parecía un esqueleto con vida y con toda la vida en los ojos. En aquel instante oyéronse los desaforados gritos de la turba que volvía. Estremeciose el anciano; dominado nuevamente por un terror congojoso, aparentó luego serenidad heroica, y contemplando al mancebo con altanería, exclamó:

—Un hombre de honor, un caballero como yo, no morirá a manos de viles sicarios; un hombre como yo, no será sacrificado salvajemente por tus bárbaros amigos. He cumplido contigo y con mi conciencia. No contaba con mi desgraciado destino ni con tu incredulidad... Que Dios me perdone lo que voy a hacer. Salvador, dame un arma cualquiera, y adiós.

Con la seguridad de quien ve realizado su pensamiento, Monsalud entregó una pistola a don Fernando Garrote, diciéndole:

—Eso mismo pensaba yo... Un hombre de honor, un caballero decente... Que Dios le ampare a usted.

Don Fernando irguió con altivez la majestuosa frente, miró a su hijo con calma desdeñosa, le miró mucho durante un rato relativamente largo, y luego con voz trémula y solemne en la cual había cierto sensible acento de pesadumbre mezclado de sarcasmo, habló de esta manera:

—Salvador, gracias, gracias... Que Dios te ampare y te perdone. Adiós.

—Adiós —dijo Monsalud desde la puerta saliendo rápidamente.

Cuando la brutal soldadesca entró atropelladamente en donde estaba el bravo guerrero, halló su cadáver caliente y tembloroso sobre el suelo, la sien partida y destrozado el cráneo. Su mano palpitante asía con rabioso vigor el arma.

XXI

¡Cuántos habrá que al leer estas escenas que acabo de referir, las hallarán excesivamente trágicas y tal vez exagerada la terrible pugna que en ella aparece entre los lazos de la naturaleza y las especiales condiciones en que los sucesos históricos y las ideas políticas ponen a los hombres! Yo aseguro a los que tal piensen, que cuanto he contado es ciertísimo y que en el lamentable fin de don Fernando Garrote no he quitado ni puesto cosa alguna que se aparte de la rigurosa verdad de los acontecimientos. Vivió el citado Garrote en los mismos años que le presento, y fueron su carácter y sus costumbres y sus ideas tales como he tenido el honor de pintarlas, salvo la diferencia que entre el artificio de la narración y la verdad misma existe y existirá siempre mientras haya letras en el mundo. Cierta fue también su malograda expedición con el cura Respaldiza, y evidente su desastroso cautiverio y fin horrendo, aunque no le cupo peor suerte que a otros muchos, quier españoles, quier franceses, víctimas entonces del furor de las desenfrenadas pasiones.

En cuanto a las circunstancias verdaderamente terribles que acompañaron al último aliento de aquel desgraciado varón, no son tales que deban causar espanto a la gente de estos días, la cual viviendo como vive en el fragor de guerra civil, ha presenciado en los tiempos presentes todos los furores del odio humano entre seres de una misma sangre y de una misma familia; ha visto rotos todos los vínculos en que principalmente apoya su conjunto admirable la sociedad cristiana. ¡Oh! si en el santo polvo a que se reducen la carne y los huesos de tantos hombres arrastrados a la muerte por el fanatismo y las pasiones políticas, quedase un resto de vida, ¡cuántas íntimas reconciliaciones, cuántos tiernos reconocimientos, cuántos perdones no calentarían el seno helado de la honda fosa, donde el insensato cuerpo nacional ha arrojado parte de sus miembros, como si le estorbasen para vivir! Y si la eterna vida disipa las nieblas que oscurecen aquí el pensar de los hombres, ¡cuántos seres habrá que en la desolación de la impenitencia y en su solitario vagar por la desconocida esfera, maldecirán la mano corporal con que hirieron el uno al hijo, el otro al hermano! La actual guerra civil, por sus cruentos horrores, por los terribles casos de lucha entre parientes que ha ofrecido, y aun por el fanatismo de las mujeres, que en algunos lugares han afilado sonriendo el puñal de los hombres, presenta cuadros, cuyas encendidas y cercanas tintas palidecerán, tal vez, los que reproduce los narradores de cosas de antaño. El primer lance de este gran drama español, que todavía se está representando a tiros, es lo que me ha tocado referir en este, que más que libro, es el prefacio de un libro. Sí; al mismo tiempo que expiraba la gran lucha internacional, daba sus primeros vagidos la guerra civil; del majestuoso seno ensangrentado y destrozado de la una, salió la otra, cual si de él naciera. Como Hércules, empezó a hacer atrocidades desde la cuna.

Púsose en marcha el largo convoy bastante después de media noche. Todo el camino real, desde las últimas casas de Aríñez hasta Gomecha, estaba ocupado. ¡Con cuánta ansiedad veían que España se iba quedando atrás, las infortunadas familias que buscaban un refugio en Francia!

—Si podemos llegar a Vitoria —decía Jean-Jean que iba a caballo junto a Monsalud en la retaguardia— estamos en salvo. Allá se las entiendan el Rey y el mariscal Jourdan con Wellington y Hill. ¡Gran batalla tendremos hoy!... Pero créeme: daría una de mis manos por no verla.

—Han dado orden de marchar más a prisa, señor Jean-Jean —dijo Salvador—. La cosa apremia. Usted da una mano por no ver esta batalla y yo daría las dos por verla.

—¡Oh, joven Bayardo, caballero sin miedo y sin mancilla! ¿Sabes lo que es una batalla? Un engaño, chico, una farsa. Los generales embaucan a los pobres soldados, les hablan de la gloria, les arrastran a la barbarie, les hacen morir y luego la gloria es para ellos. Pónense a mirar la batalla desde una altura lejana a donde no lleguen las balas, y echando el anteojo a un lado y otro, hacen creer a los tontos que están observando distancias y calculando movimientos. Así como los nigromantes hablan de estrellas, ciclos, conjuros para engañar a los necios, los generales hablan de paralelas, ángulos, cuñas, etc... y hacen garabatos en un papel... ¡Oh, yo he medido la Europa con el compás de mis piernas; yo he escupido mi saliva en el Austria y en la Rusia, y sé lo que es una batalla! Después que los unos han destrozado a los otros a fuerza de brazo, porque aquí todo se hace a fuerza de brazo, el general recorre a caballo el campo de batalla, y con sonrisa hipócrita da gracias a los soldados; manda que se asista a los heridos, y los cirujanos empiezan a trabajar en la carne como los ebanistas en madera. Enterramos a los muertos, damos una muleta a los cojos y una venda a los ciegos: Nuestros nombres no se escriben en ningún monumento ni nadie los sabe, ni los pronuncia más boca que la de nuestros compañeros. No así el general que se pone un calvario en el pecho, y se echa a cuestas un título como una casa, de tal modo que si hoy derrotásemos a los ingleses y españoles en cualquiera de estos sitios que atrás dejamos, no faltaría un general que se llamase mañana *duque de Subijana de Álava*, o *Príncipe del Zadorra*. Luego viene la historia, con sus palabrotas retumbantes y entre tanta farsa caen unos reyes para subir otros sin que el pueblo sepa por qué, y los políticos hacen su agosto chupándose la sangre de la nación, que es lo que a la postre resulta de todo esto.

Iba a contestarle Salvador, cuando una sonora y fresca voz de mujer gritó:

—Señor Monsalud, señor Monsalud, ¡gracias a Dios que se le ve a usted! ¡Qué prisa tiene el caballerito para dar cuenta de los encargos que recibe!... ¡Oh, qué prisa, sí!

Monsalud, a pesar de la oscuridad, distinguió perfectamente un rostro femenino que por la portezuela de un coche asomaba, acompañado de una mano con quiroteca, cuyos dedos pajizos se movían saludando de una manera apremiante y afectuosa.

—Perdone usted señora doña Pepita —dijo el militar acercando su caballo al vehículo—. Hace dos días que no la veo a usted por ninguna parte. ¿Y el señor oidor cómo sigue?

Un rostro acartonado y marchito, en cuya superficie brillaban con chispa mortecina dos tristes y ya muy viejos ojuelos, apareció un momento en la portezuela, y una voz fatigada resonó diciendo estas palabras, que parecían una especie de limosna oral:

—Buenos días tenga el señor sargento Monsalud.

Y desapareció luego dentro del coche.

—¿Apostamos —dijo la dama sonriendo— a que no me compró usted en la Puebla los polvos *a la marichala* que le encargué, ni las pastillas de malvavisco?

—Señora, ya sospechaba yo —repuso el joven— que en la Puebla no habría cosas tan finas.

—¡Ah, tunante! —exclamó ella, amenazando festivamente al joven con su descomunal abanico cerrado, que esgrimía como si fuese una espada—. Disculpas... Y hablando de otra cosa, ¿cuándo llegaremos a Francia?

—Pronto, señora. Si hay batalla al romper el día, como dicen, nosotros habremos ganado de aquí a esa hora mucho terreno, y nadie nos estorbará el paso.

El oidor dejose ver de nuevo. Era un varón de años, flaco e indolente, enfermo tal vez, y parecía muy aburrido del largo viaje.

—¡Batalla al romper el día! —dijo frunciendo el ceño—. Me parece que principia a despuntar la aurora. ¿Y hacia dónde es esa batalla?

—Hacia ninguna parte, hombre —repuso con desdén y superioridad doña Pepita—. Tu gran miedo te hace ver batallas en las puntas de los dedos. ¡Qué aburrimiento! No se puede ir contigo a ninguna parte... Recuéstate en el coche y calla, o me enojaré.

—¡Todo sea por Dios! —murmuró el oidor sepultándose en el coche.

—No se descuide usted en avisarme todo lo que ocurra —dijo la dama alzando la voz, cuando por uno de los movimientos tan propios de una marcha, el coche se alejó bastante de los jinetes.

Monsalud la saludó con una sonrisa, mientras Jean-Jean le decía:

—Si esa señora doña Pepita tan garbosa, con su grueso lunar velludo en la barba, sus buenas carnes, sus ojos negros, su cara un tanto arrebolada y sus quirotecas amarillas, me hubiese mirado a mí desde la portezuela, apuntándome con su abanico y haciéndome preguntas diversas desde que salimos de Valladolid, a estas horas, joven guerrero, ya nos trataríamos de tú, y todos mis compañeros envidiarían al sargento Jean-Jean. Verdad que yo soy hombre muy circunspecto y no he querido decirle una sola palabra, además de que no es de caballeros quitarle su conquista a un camarada; que si llego a hablar con ella y echo mis visuales y disparo los tiros de mi galantería, y trazo mis paralelas, y lanzo los escuadrones, y enfilo las piezas, y pongo el sitio en regla, Monsalud, en dos horas es mía la plaza; en dos horas hago yo lo que a ti te costará dos meses... ¿pero en qué piensas? ¿estás mirando las estrellas que desaparecen?... Salvador, Salvador, despierta, que estoy hablando, está hablándote todo un Jean-Jean.

Profundamente abstraído y meditabundo, Monsalud había olvidado a doña Pepita, al oidor y a Jean-Jean. Poco después de este ligero incidente, la claridad del día empezó a derramarse por tierra y cielo, bañándolo todo con las dulces y frescas tintas de la mañana. El sereno firmamento parecía suspendido sobre la frente del mortal para presidir y proteger su alegre vida, sublimada por el trabajo, por la virtud, por inocentes y castos amores. El campo estaba impregnado de la grata y placentera atmósfera que por el aliento penetra hasta nuestro corazón inundándolo de felicidad, o si se puede decir, aromatizándolo, pues parece que balsámicas esencias penetran hasta lo más hondo de nuestro ser, sacudiendo los sentidos y despertando el alma con el estímulo de vagas emociones. Las altas montañas y los verdes prados se aclaraban, disipada la niebla que los cubría, mostrando su lozano verdor, compuesto de mil y mil hojuelas húmedas, que tiritaban al roce del pasajero viento. Poco después los rayos del Sol se introducían por todas partes, en el seno de las nubes, entre el follaje de los árboles, en los infinitos huequecillos de los arbustos y las piedras, en la profunda masa cristalina de las aguas del río. Todo tomó color, y con el color la grandiosa existencia del día. ¡Ah! si queréis conservar la dulce paz en vuestra alma cerrad los oídos... Estrepitosos cañonazos resonaron a lo lejos y el convoy entero, como si obedeciera una orden, se detuvo.

Por algún tiempo no se oyó en todo el espacio ocupado por tantos carros y hombres, el más ligero rumor; pero no tardó en producirse de un extremo a otro discordante algarabía.

—Dicen que no se puede pasar de Gomarra... Los ingleses están atacando a la Puebla... También hay batalla por Subijana... y en Avechuco... y en Crispiniana.

Estas frases, se repetían, pasando de boca en boca y dando ocasión a multitud de preguntas que no eran nunca bien contestadas. Las respuestas aumentaban la confusión.

—¡Patarata! —exclamaba un jurado de los más vehementes el cual había aprendido pronto la fanfarronería francesa—; el general Clausel, que está en la Puebla, les enseñará lo que pueden tres ingleses contra un solo francés. ¿Y qué nos puede importar la Puebla si queda atrás? Adelante.

Pero los carros y coches no obedecieron la enfática orden del bravo dragón, permaneciendo tan quietos cual si los clavaran en el suelo. El día había aclarado completamente, permitiendo ver la palidez y la extrema ansiedad de todos los semblantes... De pronto una voz pavorosa recorrió de un extremo a otro la línea del convoy, repitiendo:

—No se puede pasar. Crispiniana ha sido atacada, y los ingleses y los guerrilleros han aparecido por Gomarra...

La configuración del camino por donde intentaba marchar el convoy era la más a propósito para infundir miedo a los viajeros. Altos cerros a un lado y otro formaban un estrecho callejón tortuoso, por cuyo fondo el camino y el Zadorra culebreaban estorbándose a cada paso. Frecuentemente pasaba el uno por encima del otro, cediéndole ora la derecha ora la izquierda. Aunque en la noche antes se habían tomado todas las precauciones para el paso del convoy ocupando las alturas, aquel repetido cañoneo que se oía más arriba, ponía en gran inquietud a todos, y recelaban que las fuerzas destacadas se hubieran visto en la necesidad de acudir en socorro de los de Crispiniana o Gomecha... Por fin, después de una hora de ansiedad, moviose la larga procesión entre gritos de alegría. Los mulos, los caballos, los bueyes y los hombres dieron algunos pasos; después se volvieron a parar. Parecía una comitiva de entierro cuando el carro fúnebre se atasca.

Pero transcurrido otro rato de ansiedades, de angustiosas preguntas y de mal humoradas respuestas, el dragón de mil patas marchó de nuevo con bastante prisa.

—¿Qué hay?... Señor Monsalud, una palabra por amor de Dios —dijo la oidora echando fuera del coche su ostentoso lunar, su franca sonrisa, su rostro todo, no pequeño ni falto de gracias por cierto, su abanico y sus quirotecas—. Cuénteme usted lo que ocurre.

—Cuéntenoslo usted —añadió el oidor asomándose también tras de su consorte.

—No hay nada que temer —dijo deteniéndose el jinete, que regresaba de la vanguardia del convoy—. Camino franco hasta Vitoria.

—Nos hemos detenido, señora —indicó Jean-Jean, metiéndose donde no le llamaban— porque la vanguardia ha estado reconociendo el camino.

—La batalla está empeñada por aquí, a mano izquierda —dijo Monsalud extendiendo el brazo en la dirección indicada— y se ha roto el fuego por tres puntos distintos.

—Por tres puntos distintos, señora —añadió el intruso Jean-Jean—. Quizás pasemos por sitios peligrosos. Si gusta la señora oidora, la acompañaré a la portezuela para preservarla de cualquier accidente.

—No, gracias, retírese usted —repuso la dama con desdén—. Señor Monsalud, ¿se marcha usted tan pronto? ¿Perderán esa batalla? ¿La perderemos? ¡Ay, no me diga usted que sí!... Engáñeme usted por favor.

—¡Qué se ha de perder! —vociferó el francés.

—Señor sargento —dijo el oidor— no se separe usted de nosotros. Mi mujer tiene un miedo espantoso.

—¡Oh, sí! —murmuró la dama.

—Si por desgracia nuestra nos viésemos en peligro...

—No, no se separe usted de nosotros, señor Monsalud —dijo doña Pepita—. Mi marido cobra alientos viéndole a usted tan cerca... podría ocurrir algún accidente funesto; que nos viésemos envueltos, comprometidos... ¡Cómo retumban los cañonazos en estas montañas!... Por Dios, señor Monsalud, distráigame usted, cuénteme cosas agradables para que con la conversación entretengamos y engañemos el miedo; hablemos de asuntos risueños, placenteros, tiernos y dulces, de esos que regocijan el espíritu y matan el hastío. Hágame usted olvidar que a dos pasos de nosotros se está dando una batalla... quiero estar alegre y reír... quiero olvidar y engañarme. Engáñeme usted... ¡Oh, sí! dígame usted que no tema, tranquilíceme... Pero no oigo lo que usted me dice usted. ¡Oh! no tema usted alzar la voz. Mi marido no oirá nada: es un poco sordo.

XXII

La batalla en que doña Pepita no quería pensar y en la cual nosotros no fijaremos tampoco mucho la atención, fue del modo siguiente.

Ya sabemos la dirección y traza del camino real de Miranda a Vitoria, que va a orillas del Zadorra, rozando al pasar los lindes del condado de Treviño. Hállanse en este camino los lugares de la Puebla, Aríñez, Crispiniana y Gomecha, y después de deslizarse entre altos riscos, penetra holgadamente en el llano de Vitoria. Ocupaban los franceses la orilla izquierda del Zadorra. Otro afluente del Ebro, el Bayas, y otro camino, el de Vitoria a Bilbao, servía de base al ejército aliado, que se extendía desde Murguía hasta cerca de Subijana de Álava. Dueños los franceses del camino de Burgos a Vitoria, tenían segura la retirada, así como los pasos del río, y una posición excelente en las alturas que rodean a la Puebla. Este camino, estos puentes y estas alturas, eran lo que en la mañana del 21 empezaron a disputarles las tropas inglesas, portuguesas y españolas por diversos puntos y con rapidez y energía extraordinarias. El inglés Hill y el bravo español don Pedro Morillo, atacaron la Puebla y sus riscos eminentes, coronados por una fortaleza feudal de antiguo llamada *El Castillo*; el general Graham, con el guerrillero Longa, atacaron la derecha enemiga en el camino de Bilbao por Avechuco, y después por Gomarra menor. Conquistados felizmente estos puntos extremos y altos, fueron atacados todos los pasos intermedios del Zadorra, el llamado Tres Puentes, Crispiniana y Gomecha. Hubo en estos ataques alternativas sangrientas de fortuna y adversidad, porque los franceses los reconquistaban a medias después de perderlos, hasta que definitivamente los poseían los aliados. Mientras estas luchas horribles ensangrentaban el Zadorra, hacia el Norte se daba la verdadera estocada de muerte, con el movimiento de avance del general Graham y del guerrillero Longa que cortaron al enemigo el camino de Francia. Sin otra salida que el de Pamplona, precipitose por él todo el ejército, con José a la cabeza; mas si los hombres que aún tenían piernas pudieron escapar, no gozaron igual suerte la artillería ni la impedimenta que se atascaron en el camino, como los ratones con morrión al querer huir después de la batalla con las comadrejas.

Tal fue en breves términos la de los aliados con los franceses en las inmediaciones de Vitoria, acción que tuvo, como todas las obras maestras, una gran sencillez. Si la he descrito a grandes rasgos, no ha sido porque en ella encontrase menos interés ni menos elementos para la narración que en otras funciones de guerra, a cuyo relato di anteriormente, si no gran interés, atención considerable. Me mueve a hacerlo así, el propósito de variar la materia de estos libros, dando en el presente la preferencia a una curiosa fase de aquella campaña y de aquella guerra, cual fue la suerte del más rico botín que un ejército invasor se ha llevado consigo al abandonar el país expoliado.

En todas las batallas hay un interés subalterno que apenas menciona con desdén la historia, y que consiste en las vicisitudes de aquel fondo positivo de toda contienda entre los hombres; en todas ofrece gran interés el drama oscuro que se desarrolla dentro de la alforja grande o pequeña que los ejércitos llevan a la grupa. Mientras los generales se calientan los sesos haciendo cálculos tácticos, y mientras truena la artillería y se destrozan las falanges, allá en la cola del ejército, una ciudad portátil, llevada por mercaderes ambulantes, tiembla por su destino. Las tiendas, los bagajes, las cocinas, las cantinas, los equipajes, los coches, los botiquines, las camillas representan la vida y la muerte. Son la suprema necesidad y el supremo peligro de la batalla. Sin esto no se puede vencer, y con esto no se puede huir.

Todo el interés de la batalla de Vitoria estuvo en la impedimenta. Hacia aquellos cofres tendiéronse anhelantes las manos crispadas de vencedores y vencidos. Podía decirse que aquel convoy era el resumen de la guerra, y que los franceses al perderlo, perdían la tierra trabajosamente conquistada; al verlo tan grande, tan custodiado, creerían también, que no pudiendo dominar a España, se la llevaban en cajas, dejando el mapa vacío.

Y a pesar de la ruda batalla empeñada a la izquierda, el pesado equipaje seguía adelante, avivando el paso todo lo posible. Era una tortuga impaciente y azorada que ansiaba resbalar como culebra, y parecía que la zozobra y anhelo de los que en ella llevaban sus intereses, impulsaban la pesada armazón. Durante cuatro horas largas, no ocurrió detención alguna; pero a medida que se acercaban a Vitoria arreciaba el tiroteo, hasta que llegaron a un punto en que divisaron claramente y a corta distancia las columnas en movimiento y las baterías escupiendo fuego. Allí dieron las ruedas su última vuelta, y los caballos su último paso, y los cocheros su último grito, y el afligido corazón de los viajeros el último latido de esperanza. Todo acabó: había sonado la terrible sentencia. No se podía pasar.

—Señor Monsalud, eso que me contaba usted —dijo poco antes de la detención la oidora— es tan inverosímil, que si usted no lo afirmara como lo afirma, lo dudaría... ¿Ella misma gritaba que le matasen a usted?... ¿Pero qué es esto? Nos paramos otra vez.

—Otra vez, señora...

—Y ahora será para siempre —vociferó Jean-Jean—. ¡La batalla está perdida!

—¡Perdida! —exclamó doña Pepita, a punto que el oidor sacaba la cabeza pidiendo informes.

—¿Dicen que se gana la batalla?

—No; que se pierde —repuso la dama—. No seas impertinente, ni me estrujes el cabriolé... Por Dios, señor Monsalud, ¿nos abandona usted...? ¡Qué insoportable ruido! Parece que suenan mil truenos a la vez... Salvador, deme usted la mano, a ver si me infunde valor... ¡Por Dios, la mano!

—Una dama valerosa como usted no se asustará porque perdamos una batalla —replicó el joven, alargando su mano—. Ya ganaremos otra.

—La ganaremos, sí, ganaremos una hermosa batalla —dijo Pepita recobrando sus frescos colores—. ¡Cuán cansada estoy de la estrechez del coche!... Quisiera salir un momento, un momentito. ¿Nos detendremos mucho aquí?

—*Per secula seculorum* —gruñó detrás del coche Jean-Jean...—. Esto se acabó.

—¡Qué confusión por todas partes! —exclamó Pepita—. Mi marido llora, señor Monsalud; es demasiado pusilánime. Supongo que no nos harán nada... ¿Será preciso huir?... ¡Oh! huir, y ¿cómo?

—En el coche no es posible.

—Pero sí en un caballo, ¡ay! en la grupa de un caballo... ¡Dios mío, cómo gritan! Pues qué, ¿se ha perdido toda esperanza?

El oidor exhibió nuevamente su fisonomía, en la cual una palidez cadavérica anunciaba el miedo causado por la peor noticia que un oidor ha podido oír en el mundo.

—¡Pie a tierra todo el mundo! —gritó una voz estentórea—. Las ruedas no pueden seguir...

—Aún hay zapatos y herraduras —clamó Jean-Jean...

Casi todos los jinetes echaron pie a tierra, y muchos viajeros arrojáronse fuera de los coches, despavoridos y aterrados. El concierto de imprecaciones y lastimosas quejas, excedía a todo encarecimiento.

—Salgamos también —dijo Pepita, llevando el pañuelo a sus ojos para enjugar una lágrima—. Pero me es imposible andar... Señor Monsalud, me desmayaré sin remedio... No se separe usted ni un momento de mí.

El oidor salió del coche y perezosamente estiró el acecinado y árido cuerpo para devolverle su posición y forma prístina, semejante a la que tienen los mortales, cuando no han pasado ocho horas dentro de un coche.

No lo consiguió fácilmente el respetable varón, cuya figura, después que a sus anchas se desperezó y dejó caer los brazos y echó sobre las piernas el liviano peso del cuerpo, se asemejaba mucho a un gran paraguas cerrado.

—¡Esto es horrible, espantoso! —clamaba la dama—. ¿Y a dónde vamos? ¿Qué se hace? ¿Qué nos pasa? ¿Hay esperanza de seguir? ¿Nos quedamos aquí?... ¿Retrocedemos?... ¿Tomaremos un bocado?... ¿Nos cogerán los ingleses?... ¿Pues y nuestro dinero?... ¡Oh, señor Monsalud de mi alma, usted que es tan bueno y tan generoso, sálveme usted!

—No es tan desesperada nuestra situación —repuso el joven, notando que el cuerpo de doña Pepita, al buscar en su brazo indolente apoyo, no era un cuerpo de sílfide, de fantástica forma e imaginaria pesadumbre.

—¡Qué espantoso es esto!... —añadió la dama—. ¡Los hombres gritan y blasfeman!... ¡Las mujeres lloran!... ¡Qué desolación!... Señor Monsalud, andemos un poquito para desentumecernos... Todos lloran la hacienda perdida... ¿pues y nosotros? ¡traemos tanta plata, tantas alhajas!... ¡Yo también lloro, Dios mío!... ¿Será posible que nos cojan esos perros ingleses?... Adelante; vamos por aquí... Busquemos a alguien que nos de buenas noticias... No pueden ir las cosas tan mal como dicen... ¡Oh, los ingleses! ¡Cogerla a una los ingleses!... pero no, mil veces no, esclarecido joven, usted me defenderá hasta morir... Me horripilo de pensar que un inglés pondrá la mano sobre mí... Sigamos más allá... ¿No habrá nadie que diga: «la batalla se ha ganado»?... ¿Pero dónde estamos? ¿Dónde está mi marido? ¡Se ha perdido!... ¡Lo hemos dejado atrás! ¡Urbanito, Urbanito!

—El señor oidor habrá ido en busca del jefe para saber la verdad de todo.

—¡Oh, qué horroroso aspecto ofrecen estas pobres gentes!... Vea usted en aquella pobre mujer que abraza llorando a sus niños... Estos otros no hablan más que de huir... ¡Jesús crucificado! ¿a dónde iremos nosotros?... Será preciso abandonarlo todo... ¡Aquí están diciendo que no hay esperanza!... Allí gritan «sálvese el que pueda.» Mire usted a esos sacando atropelladamente su ropa de las arcas. Será preciso llevarlo todo a cuestas... ¡Oh! ¿aquellos que por allí vienen, no son los heridos de la batalla?... ¡Malditos ingleses!... Por piedad, Monsalud, no me abandone usted... Es imposible huir en coche... yo no sé montar a caballo... ¿podré ir a la grupa?... ¡Qué desolación!... Vamos por aquí... los gritos, las blasfemias, los juramentos de esos hombres desesperados que parecen demonios, me hacen temblar, y me pongo mala... Por aquí... Qué bullicio, qué algarabía... ¿Y mis alhajas, y mis encajes, y mis ropas?... Corramos allá, corramos... Mas no veo a mi marido por ninguna parte. ¡Urbanito, Urbanito!

—Vamos por aquí... En estos casos es triste llevar consigo el valor de un alfiler. Pobre y desvalido yo, lo mismo tengo vencedor que vencido.

—¡Qué felicidad! —continuó la dama, que por no encontrarse bien en ninguna parte, quería estar al mismo tiempo en todas—. Así quisiera ser yo; libre como el aire, y con la galana pobreza de los pájaros que no tienen más que un vestido, y a donde quiera que van, llevan todo su ajuar consigo... Huyamos de este sitio. Los llantos de esas mujeres me hacen llorar también a mí... Aquéllos dicen que los ingleses nos sorprenderán aquí... ¡esto es espantoso! ¡Los ingleses, los guerrilleros!... Me parece que muchas personas han emprendido la fuga por el llano adelante... ¿No ve usted? Llevan un lío a las espaldas, y los zapatos en la mano para correr mejor... Observe usted a aquel infeliz que se da de cabezadas contra un cañón... Estos de aquí hablan de quitarse ellos mismos la vida... Por Dios, si forman ustedes de nuevo, no me abandone usted... Deserte usted si es preciso, deserte usted... Si me veo sola, me moriré de pavor... ¡Yo que pensaba ir a Francia y regresar a Madrid para el otoño!... En medio de mis desgracias, he tenido la sin igual ventura de conocerle a usted, de encontrar a un joven tan leal como modesto que está dispuesto a ampararme contra esos vándalos de ingleses... Estos pobres jurados y míseros lacayos del Rey José, hablan de morir matando o abrirse paso por entre los vencedores... Les será imposible, ¿no es verdad? Por Dios, no se abra usted paso, no se abra usted paso y quédese aquí... Más vale rendirse... Ríndase usted; nos rendiremos los dos... vamos, vamos pronto... No puedo ver tanta desolación... Escondámonos en algún sitio... ¿Ve usted a mi esposo?... Busquémosle... Es capaz de dejarse dominar por la desesperación, y hará alguna locura... ¿En dónde dejamos nuestro coche?... A prisa, a prisa, señor Monsalud, sosténgame usted si me caigo; creo que me caeré, sí... Me caigo sin remedio... ¡Dios mío! ¿No le parece a usted que me voy a caer?

XXIII

Pero no se cayó. Corrieron Monsalud y Pepita por entre la revuelta masa de gente y vehículos, espantados una y otro del triste espectáculo que el detenido convoy ofrecía, y antes que refiramos lo que resultó de su improvisada amistad y de las extrañas vicisitudes del viaje, es de todo punto indispensable advertir, que esta gallarda dama del lunar, cuyas quirotecas tendremos ocasión de ver más adelante en el escenario de otras historias, pertenecía a la familia de Sanahúja, no siendo ella misma desconocida para nuestros lectores, pues algún incidente de sus verdes abriles tuvo cabida en otro libro[2]. Enteramente nuevo para mí y para los que me leen, es el oidor; pero recientemente han llegado a estas manos documentos y apuntes, cuyo interés me mueve a asegurar una poderosa intervención de este personaje en las páginas que leerá el que las leyere. Por ahora, solo corresponde decir, que en aquel tumulto de lágrimas y blasfemias, de desesperación y hondo desaliento, el jurado y doña Pepa buscaban a Urbanito por todas partes, sin que Urbanito pareciese.

Entretanto un suceso importante y decisivo llevó al último extremo el terror de los infelices empleados, bagajeros y conductores; y fue que por el llano adelante aparecieron varias columnas francesas marchando en desorden y con precipitación. Aparecieron luego caballos a escape, cubiertos de espumoso sudor, anhelantes y como poseídos de insensata cólera, y después muchos heridos transportados en camillas o en palanquines, o simplemente cargados entre dos por los hombros y los pies. Tras esto sintiose el rodar estrepitoso de algunos cañones.

—¡Paso, paso a la artillería! —gritó una voz que parecía un huracán.

Los carros que obstruían el camino procuraron abrir calle; pero si lo consiguieron en un pequeño trecho, después los cañones tuvieron que hacer alto. Juraban los artilleros y votaban los carreteros. Los de infantería, desparramándose a un lado y otro del camino, siguieron adelante. La velocidad adquirida en los primeros momentos de la retirada, era tal, que no podían contenerse, y miraban hacia atrás creyendo sentir en sus espaldas las herraduras de la caballería inglesa.

---

2   *El Audaz* (N. del A.)

Los heridos fueron depositados en tierra y cuando el furor de las armas había cesado para ellos, sacaron las suyas los cirujanos. Con la presteza inconcebible que ponen en sus operaciones los médicos de los ejércitos, se atendió a todos ellos. Vendajes, emplastos, amputaciones, cuantos remiendos se aplican a la persona humana después de una batalla, fueron aplicados sobre el suelo y al aire libre. Corría la sangre sobre las camillas y por la tierra; pero los lastimeros ayes de los infelices que habían sido mutilados por el cañón y la fusilería, no eran más que un accidente superficial en aquel tumulto de tan diversos ruidos compuesto, en aquella atmósfera de pánico que se extendía por todo el camino hasta más allá de Vitoria. Era de ver la frialdad de los cirujanos disponiendo se cortase un brazo o pierna, haciendo brillar a la luz del Sol el fúnebre esplendor de sus instrumentos, para no dar tiempo a la víctima ni aun a quejarse de su malhadada suerte. En aquella carpintería de carne humana, no había consuelos morales ni físicos para el infeliz paciente, ni narcóticos, ni atenuantes, sino la crueldad fría, desnuda, impasible de la ciencia quirúrgica, que como su parienta la ciencia militar, no repara en la carne y sangre de los hombres para ir a su fin.

Conforme los curaban mal o bien, les iban transportando a otro lugar o a los carros que habían de llevarlos a paraje más seguro; pero llegaron tantos, que los cirujanos no pudieron atenderles, aunque tenían las mejores manos del mundo. Arrojados de aquí para allí, clamaban al cielo; pero el cielo debía de estar ocupado en otra cosa, porque no les hacía caso.

Por otro lado ocurrían parecidas escenas, porque si el ejército de Gazan emprendió su retirada por el lado de Berrosteguieta, cerca de donde estaba el convoy, los de Erlon y Reille lo hicieron más allá de Vitoria; así es que en una extensión de más de dos leguas se ofrecía el espectáculo de los soldados furiosos abriéndose camino por entre un dédalo de carros y cureñas y furgones y ambulancias y coches de viaje, y cirujanos ocupados, y heridos que no podían moverse.

Aunque en todo el camino reinaba gran confusión, pudo oírse y generalizarse la orden de que la retirada no se emprendiera por el camino de Francia, sino por el de Salvatierra y Pamplona. Esto parecía una salvación, y muchos vehículos y casi toda la artillería se dirigieron allá; pero la mala estrella de los franceses en aquel día quiso que el camino de Salvatierra estuviese lleno de zanjas y cortaduras hechas por los guerrilleros de Mina y Longa poco antes para molestar a Foy y L'Abbé, por cuyo motivo ninguna rueda pudo pasar más allá de Harrazo. En el camino de Francia seis o siete coches de lujo seguidos de otros carros con equipajes y gran repuesto de víveres finos, pugnaban por retroceder hacia Vitoria para tomar la vía de Salvatierra; pero no les fue posible abrirse paso. Eran los carruajes de José y su comitiva, que dispuestos a la cabecera del convoy para emprender la retirada hacia el Norte, habían tropezado con las tropas de Graham y Longa.

Hacia las tres de la tarde la irrupción de soldados en retirada aumentó de una manera horrorosa. Hambrientos y abrasados de sed, se abalanzaban a las cajas de víveres y a las cantinas arrebatando entre aullidos siniestros todo lo que hallaban al alcance de sus manos. Agotado todo, las tropas se apoderaban de los víveres de los particulares, penetrando brutalmente en los coches para arrancar el pedazo de pan de las manos de un niño o de una mujer. No pudiendo seguir el camino saltaban los setos y se esparcían por los sembrados en varias direcciones, siguiendo todas las veredas con tal que llegasen a parajes lejos del malhadado Zadorra.

Pero cuando el tumulto y el delirante estrépito y el barullo llegaron a su colmo, fue cuando aparecieron, procedentes del campo de batalla, veinte o treinta piezas de artillería, furiosas, ardientes, impetuosas, no hallando ante sí bastante camino para volar; arrastradas por caballos locos, verdaderos dragones, cuyo resoplido quemaba y que parecían llevar en sus venas todo el fuego que inflamara los aires durante la batalla. Aquellas máquinas, simulacro de las ignotas fuerzas que en el cielo producen el trueno y el rayo, huían para no caer en manos del enemigo. Los artilleros, semejantes a fabulosos aurigas, herían los caballos con el látigo primero, y después con los sables, para precipitarlos en delirante carrera. Todo lo atropellaban ante sí por salvarse. Si un grupo de heridos o de familias desvalidas se interponía en su camino, las ciegas máquinas compuestas de cureña, cañón, artilleros y caballos, pasaban por encima de los cuerpos humanos, como el brutal dios de la India. Las ruedas, lanzadas en furioso torbellino exterminador, dejaban hondos surcos en el suelo aplastando todo lo que se les ponía por delante, la yerba y el hombre.

Un chirrido de metales que juegan y chocan entre sí, de cadenas que se rozan, de ejes que vibran, de llantas que trepidan, de clavos que saltan, de tornillos que se aflojan, de cacharros de metralla que suenan unos contra otros como los cascabeles de un bufón, se mezclaba a los indescriptibles rumores de las balas que iban moviéndose dentro de las cajas, tocando infernal música al compás de la marcha; se mezclaba el golpear de los escobillones, cuyos mangos batían contra el maderaje de la cureña; al chasquido de cien látigos que culebreaban en el aire estallando como cohetes; a los gritos de los que querían imprimir a aquellas máquinas fugitivas el rencor, la angustia y el pánico de sus inflamados corazones.

Tras aquellas piezas vinieron otras. Calientes aún sus bocas vueltas hacia atrás, parecía que exhalaban con los últimos vapores de la pólvora y el último mugido del disparo, sorda imprecación. Treinta, sesenta, cien cañones huían desesperados: al verlos y al oírlos, creeríase que el trueno, tomando la odiosa forma de gigantesco pólipo de hierro, se arrastraba por la tierra. Las peñas de los montes desgajándose y cayendo sobre el llano y saltando en desesperado juego y carrera infernal por arte del demonio, no hubieran causado más espanto. Mientras la infantería continuaba en el fuego, dando tiempo a que el cuartel general y los cañones se pusiesen en salvo, estos ocuparon todos los huecos que quedaban en el camino y algunos destrozando cuanto hallaron al paso, pudieron ponerse en primera línea. Los demás, aprisionados al fin entre millares de ruedas de pesados bagajes y enormes fardos, se atascaron en el camino, agolpándose unos contra otros.

Entre esta aglomeración de obstáculos producida por tanta maquinaria inútil, las infortunadas familias afrancesadas y los conductores del convoy formaban grupos aflictivos, parte en el camino, parte en los sembrados, y entre lágrimas y lamentos se consultaban sobre la determinación que debían tomar en tan extremado conflicto. Unos creían conveniente abandonarlo todo y huir para salvar lo más importante, que era entonces, como siempre, la vida; otros aseguraban que por nada del mundo abandonarían su fortuna. Muchos, encontrando una solución salvadora en medio del general azoramiento, habían echado a tierra los baúles y abriéndolos sacaban de ellos lo más valioso, llenándose los bolsillos y haciendo líos con lo de poco peso. Hombres y mujeres, soldados y paisanos se consultaban, se movían de aquí para allí, repartiéndose lo que habían de llevar, aconsejándose unos a otros, animando los valerosos a los débiles, ayudándose en lo que podían. De pronto se oyeron en la parte del camino, más allá de Vitoria, las tremendas voces de «¡paso, paso!»

Algunos caballos de la guardia se esforzaban en cortar el apretado gentío, y se precipitaban rechinando aguijoneados por la espuela. Viendo los jinetes que era imposible abrir paso, esgrimieron los sables y descargando furibundos tajos a diestro y siniestro sobre soldados, paisanos y mujeres, gritaron:

—¡Paso, paso al Rey!... ¡Paso al Rey!

La multitud gimió azotada con látigo de acero, y prorrumpió en imprecaciones contra José.

—¡Paso al Rey! —repetían los de la guardia.

Exasperados por la resistencia, redoblaron su furor, y cargando sin piedad, aquí machacaban una cabeza, allí hundían un pecho. Arremolinándose a un lado y otro y aplastándose contra los coches, la turba se desgajó y en su angustioso seno pudo abrirse un surco; por una calle de maldiciones y de odio y de sed de venganza, pasó a caballo un hombre pálido, con el negro y abundante cabello en desorden, fruncido el ceño, trémulas las manos. Era José que no había podido salvar sus coches, y huía a uña de caballo por donde Dios le encaminase, llevando en su alma todas las congojas de sus cinco años de fúnebre reinado.

Los que le abrían paso, lograron encontrar salida al campo libre a la derecha del camino. Seguido del general Jourdan, que se había olvidado el bastón, y de otros generales que olvidaron el sombrero, y aun de otros que no se acordaban del honor, corrió por allí José lanzando su caballo a todo escape, aterrado, jadeante, sin serenidad, como el asesino que acaba de cometer un gran crimen y huye de su perseguidor a conciencia.

Poco después de este suceso, llegó el momento supremo de aflicción para los del convoy, para los artilleros, los infantes y todos los que no podían ponerse en salvo.

Una voz, cien voces gritaron con ronca desesperación:

—¡Los ingleses... los guerrilleros!

Allá lejos, hacia Vitoria, entre las columnas de infantería que se acercaban con el mayor orden posible, viose una multitud de jinetes. Brillaban en alto los sables, y los veloces caballos avanzaban con rapidez extraordinaria. Ya no quedaba más recurso que huir abandonándolo todo. ¡Horrible determinación! Viose a los artilleros desenganchar los atalajes; viose a los carreteros disponiéndose a salvar sus caballerías. Las cureñas y cajas y los furgones y las ambulancias y los coches y carromatos quedaron en un instante libres de correajes y cuerdas. Todo lo que tenía pies se puso en marcha. Aquello era un río de gente y caballos, atropellándose unos a otros en violenta confusión a la desbandada. Ciento cincuenta cañones, doscientos carros de municiones y los innumerables equipajes y vehículos particulares quedaron abandonados. Sobre un solo caballo se enracimaban hombres y mujeres, empujándose para descargar el peso de aquellas tablas de salvación. El que lograba apoderarse de un caballo defendía la grupa a puñetazos y a tiros. No había piedad, no había prójimo: reinaba el egoísmo en su brutalidad instintiva, y se luchaba por el caballo como en los naufragios por el bote. El que caía, caía.

Apartados del camino, junto a un montón de cajas y bagajes, se encontraban tres personas que ya conocemos.

—No, no puede usted huir —decía la dama deteniendo enérgicamente al joven y haciendo violenta presa en sus dos brazos—. ¡Qué felonía! ¡dejarme sola!... ¡mi pobre marido no podrá defenderme!... ¡Oh! llora como una mujer y se arrastra por el suelo, pidiendo a Dios misericordia, sin poner nada de su parte para conjurar este gran peligro.

—¡Señora, señora!... ¡los ingleses! ¡los guerrilleros!

—Sí... ya los veo... Es preciso huir... ¿pero cómo? No hay un solo caballo.

—Corramos en busca del mío —exclamó el joven—. Lo rescataré a sablazos... Aún es tiempo.

—No... Mi esposo no puede moverse... ¿A dónde va usted?... Me quedo sola, Virgen de las Angustias, enteramente sola... Quédese usted, por Dios...

—Mi uniforme de jurado me pierde. No viviré ni un segundo después que me vean.

Con febril presteza e iluminada por súbita idea, abalanzose la dama hacia el joven; arrojó en tierra el sombrero de este, desabotonó su levita con dedos más ligeros que el pensamiento, arrancó el uniforme como si fuera un pañuelo puesto sobre los hombros, arrancó el tahalí, la gola, el cinturón, la cartera y en un instante no quedó sobre el cuerpo del infeliz renegado ni una sola prenda que indicara su filiación. Él la ayudaba con igual rapidez. Aquellas cuatro manos trabajaban en el desnudar y en el vestir, cual si fueran cuarenta, y sin descansar arrojaban en tierra las prendas quitadas, sacando otras de los cofres para cubrir el transformado cuerpo; ataban las cintas, prendían los botones, abrían un hoyo en el suelo para sepultar las nefandas insignias, y lo cubrían con tierra. Las cuatro manos realizaron su obra en pocos minutos, y el renegado desapareció, dejando en su lugar a un joven que podía pasar por oidor en la sala de Mil y Quinientas. Luego las mismas cuatro manos trataron de levantar del suelo al infeliz Urbanito, que ya se creía comido por los ingleses.

XXIV

Los ingleses llegaron despiadados, horribles, hambrientos de matanza y de botín, como hombres que habían estado luchando todo el día por ambas cosas. Precipitáronse entre la multitud, mas como no podían avanzar a causa de los entorpecimientos del camino, les fue difícil perseguir a los fugitivos, y toda la saña recayó sobre los que no habían podido escapar.

El botín era el más magnífico, el más rico y grande sin duda que en batalla alguna ha podido quedar a merced de vencedor furioso. Componíase de todo: en él había armas, material de guerra, víveres, alhajas, dinero y hermosura. No puede formarse idea de la apasionada codicia, de la brutal concupiscencia, del vengativo ardor con que los ingleses primero y los guerrilleros después cayeron sobre el magnífico tesoro abandonado. La menor resistencia producía la muerte. En poco tiempo todas las cajas fueron abiertas, todos los tesoros aprehendidos, muchas riquezas holladas.

Joyas, ropas, telas finísimas, muebles, cuadros, plata labrada, monedas, víveres de lujo que constituían la despensa ambulante de José, fueron esparcidos por tierra, y mil manos febriles arrebataban de un lado para otro los preciosos objetos. Según el genio de cada cual así se iban derechos los unos al oro, otros a las mujeres, y algunos a destrozar por puro instinto dañino cuanto veían delante. Entre las desgraciadas familias que se vieron en tan tremenda hora, hubo algún individuo que se dio la muerte antes que le pusieran la mano encima los feroces partidarios. Las señoras imploraban de rodillas piedad para sí y sus tiernos hijos, siendo muy contadas las que la alcanzaron. El vencedor es la más brutal e insensata bestia que engendra el mal en las tempestades humanas. Para esta electricidad furibunda que sabe elegir el sitio donde cae, no existe pararrayos.

En los primeros momentos, tanto salvaje atropello y brutal codicia produjeron un tumulto horroroso, en el cual los lamentos de mil y mil víctimas no permitían oír las voces y mandos militares. En la vasta extensión del camino, los soldados cometieron todo linaje de excesos, robando y asesinando. En vano algunos oficiales quisieron proteger a las infelices familias de paisanos: la soldadesca, aparentando obedecer, tan solo cambiaba la escena de sus infames tropelías. Por aquí un soldado avanzaba en irrisoria apoteosis esgrimiendo el bastón de mando del general Jourdan, jefe de Estado mayor del ejército fugitivo; otro cubríase acullá con el sombrero de José Bonaparte, y un tercero repartía a sus camaradas las pelucas que en vistosa y variada colección llevaba en su equipaje otro familiar del pobre Rey intruso.

Atreviose un sujeto de mal genio a descalabrar a cierto inglés, porque quiso posesionarse de la menor y más hermosa de sus hijas, y este rasgo de entereza costole la vida, salvándose su esposa, una de sus hijas y dos niños de corta edad, por milagro del cielo y la intervención compasiva de otros soldados. En lo de meter mano a los cofres de dinero, a los bolsones de cuero y a las cajas de guerra que contenían inmensos caudales, distinguíanse principalmente los aldeanos de los alrededores de Vitoria y multitud de individuos de equívoca conducta, que de la misma ciudad habían acudido.

Cuando la tristísima noche empezó a cubrir de oscuridad la fatal escena, mercaderes al menudeo, trajineros y gentezuela de esa que acude a todos los desastres para pescar algo, se reunieron allí en gran número. Como ellos lo querían todo para sí, hubo dimes y diretes y aun porrazos con los guerrilleros y los ingleses. Sin pedir permiso a Dios ni al diablo, los aldeanos cargaban sus caballerías de objetos preciosos, como si todo cuanto allí yacía hubiera sido siempre de su exclusiva propiedad; y mientras tanto no cesaban de aclamar a Fernando VII como el más grande de los Reyes, al *lord* como el más insigne de los generales nacidos y por nacer y a los guerrilleros como lo más selecto entre las hechuras de Dios.

Cuando la noche se oscureció más y la vergüenza de tales hechos tuvo un manto negro con que cubrirse, otros individuos de la peor calaña, se ocupaban en desnudar a los muertos y en buscar anillos y relojes y dijes en el cuerpo de los heridos... Mil farolitos temblorosos semejantes a las vagabundas claridades de un cementerio, rebuscaban con su luz siniestra por aquí y por allí, iluminando semblantes lívidos y destrozados cuerpos. Por otro lado los que habían recogido gran cantidad de dinero en duros españoles, se ocupaban en cambiarlos por oro a los ingleses, los cuales, como buenos mercaderes en toda la extensión del globo terráqueo, se hacían pagar la guinea a ocho pesos. Había quien acaparaba todas las ropas, ora sacándolas de los cofres, ora arrancándolas del cuerpo de vivos y muertos. Porque nada faltase, hasta hubo quien hizo acopio de la pólvora de los furgones, para venderla después a los guerrilleros de la Montaña y el Páramo. El vino obtenía preferencia y primas escandalosas, y toda la carretería y recuas de Vitoria tuvieron en qué ocuparse. Muchos aldeanos se enriquecieron con la rapiña de aquella noche, y en Álava y la Rioja existen todavía familias ricas cuya fortuna proviene de la batalla de Vitoria.

En cambio, si gran parte del gentío de Vitoria y de sus inmediaciones había acudido allí para recoger los restos del naufragio, muchas personas llegaban impulsadas por la simple vehemencia personal de la guerra, para contemplar el odioso imperio derrotado y sus armas perdidas; para gozar en el mísero castigo de los malos patriotas, y escupir los avergonzados semblantes de los traidores. Cuentan que algunos renegados a quienes no fue posible ni huir, ni cambiar de vestido, recibieron rápida muerte todos juntos en fiera hecatombe, sin que les valiese la ardiente protesta de abjurar y volver a los amores de la patria. Una mujer furiosa cayó sobre el grupo que formaban aquellos infelices al implorar piedad y alzó en su mano vigorosa un puñado de cabellos. Rugiendo los enseñó a la muchedumbre. Aquella y otras mujeres de las cercanías que acudieron a vociferar sobre el cadáver de la Francia vencida, habían mandado a sus hijos a las guerrillas, y algunas de ellas los habían perdido. Bravas como guerreras y resentidas como leonas, cobraban de tal manera sus deudas de sangre.

En la oscuridad de la noche los chillidos de las mujeres semejaban la algazara de pájaros rapaces picoteando aquí y allá, batiendo las fúnebres alas, destrozando con la inquieta garra. Sin callar un momento, algunas ayudaban a los hombres en el despojo, examinaban una tela, ponderando su finura, recogían herramientas abandonadas, sin dejar de responder con agudos vivas a todo lo que berreaban sus hermanos, sus padres o sus hijos.

Dos o tres de estas matronas discutían el modo de conducir cierta cantina ambulante que se habían apropiado, cuando se les acercó una afligida dama que parecía ser de las del convoy. Era hermosa aunque la palidez y susto le disimulaban su belleza. En su cabellera abundante y en su vestido no había más que desorden, un desorden de naufragio que daba más interés a su abatida persona; y con sus manos sin quirotecas se apretaba contra el pecho un chal, no bien puesto y sin duda arrebujado con precipitación al salir de su escondite.

—Señoras —dijo acercándose con timidez a las que tomaban el tiento al tonelete de la cantina—, si tienen ustedes corazón, si son ustedes mujeres, y tienen hijos, padres, esposos, denme un poco de agua para unos pobrecitos que se mueren de sed allí donde están los arcones grandes.

—Miren la pazpuerca —gritó una de las del grupo, que era tabernera en el barrio de Villasuso en Vitoria—. Teniendo, como tendrá, todo lo que ha robado, viene a pedirnos limosna.

—Yo no he robado nada, señora —repuso la dolorida envolviéndose en el chal con todo el empeño que el pudor y el fresco de la noche exigían de consuno—. A mí sí que me han quitado cuantas alhajas y dinero tenía; pero no me quejo, ni acuso a nadie.

—Ladrón que roba a ladrón...

—Por una casualidad nos hemos encontrado mi marido, mi hermano y yo en este funesto lance —prosiguió la dama—, porque ninguno de los tres somos, ni hemos sido jamás, afrancesados. Españoles rancios somos los tres; íbamos a Francia (adonde mi marido llevaba una comunicación secreta de la Regencia para el rey Fernando) y quiso nuestra infeliz suerte que nos juntásemos aquí con el malhadado convoy que ayer pereció... y nos tomaron por familia de empleados traidores... Pero no he sido yo tampoco de las peor tratadas (porque al punto me conocieron los oficiales ingleses, muchos de los cuales han frecuentado mi casa en Madrid) y he podido conservar alguna ropa... Otras pobrecitas señoras están allí envueltas en una sábana. ¿No les da a ustedes lástima? ¿No me favorecerán con un poco de agua y si es posible un poco de comida para mi esposo, secretario del virrey del Perú, y para mi hermano el veedor que era en Zaragoza cuando la célebre defensa?

Las tres alavesas se miraron como consultándose sobre lo que habían de hacer.

—La verdad es —dijo una con ínfulas de autoridad sobre las otras— que si no miente la señora en lo que ha dicho y hubo casualidad, bien se le puede dar lo que pide.

—¿La vamos a creer por lo que diga? —exclamó otra.

—No pido más que agua, señoras caritativas, agua por amor de Dios.

—Él la ampare.

—Bien poco es lo que pide —dijo la tercera que hasta entonces callara—. Y pues pasó ya el laberinto, hagamos una obra de misericordia. Aquí donde me veis, yo, que tuve alma para arrastrar a un jurado desde el camino hasta el árbol donde le ahorcaron, me muero de pena oyendo a esta señora... Allá va el agua... y aguardiente... y estas cortezas de pan... y estas sardinas rancias... y tres pares de guindas... y una pata de gallina fiambre, que estaba en el *botiquín* del Rey.

La dolorida iba recogiendo lo que la mujer indicaba al tiempo de dárselo, y corrió a donde aguardaban muertos de hambre y de sed el secretario del virrey del Perú y el veedor de Zaragoza.

XXV

Tras la triste noche, apareció el día triste también, y empañado con densas neblinas. Mientras gran parte del ejército victorioso perseguía al francés por el camino de Salvatierra, el lugar donde pereció el convoy se trocaba en un campo de feria. En todas partes se hacían tratos y cambios, según los negocios de cada uno. Los ingleses concretaban todas sus operaciones al numerario, despreciando las especies. La joyería había desaparecido como por encanto, sin que se supiese quiénes fueron los acaparadores de tan estimable artículo. En plata labrada aún quedaban algunas existencias por la mañana, y como entre ellas no escaseaban las obras de arte ni en el ejército inglés los anticuarios, hubo pieza que valió a sus primitivos tomadores guinea sobre guinea.

Pero la gran mayoría de los objetos, especialmente los que eran de fácil transporte, desaparecieron en la noche. No se han visto manos más listas, ni mayor diligencia en hombres y mujeres para hacer la mudanza. Por fortuna para las artes, la parte del convoy que contenía los grandes cuadros, pudo ser salvada por haber salido de la Puebla con el general Maucune doce horas antes que los demás. Perdiéronse por entonces para España tan incomparables tesoros; mas no se perdieron para el arte, siendo en verdad providencial que se salvasen, y que restaurado alguno de ellos, volviesen todos acá tres años después.

Ya entrado el día, muchos vecinos acomodados en Vitoria salieron para ver el campo de batalla y el lugar del convoy, que principalmente despertaba la curiosidad. Viéronse llegar frailes de distintas órdenes, canónigos de la colegiata, señores muy graves acompañados de damiselas sensibles, jóvenes currutacos, viejos verdes y maduras matronas, todos medio locos de entusiasmo por la gran victoria alcanzada. Iban de ceca en meca sonriendo ante los estragos y haciéndose señalar por los aldeanos los lugares que fueron teatro de acontecimientos más trágicos durante la batalla. El campo del convoy, ya convertido en feria, fue por su proximidad a Vitoria más visitado, y a cada momento llegaban a él alegres parejas, familias, tríos de canónigo, fraile y regidor, con más algunas damas sueltas, es decir, que no iban con nadie. Ninguno se retiraba sin llevar algún recuerdo, pareciéndose en esto a los modernos ingleses, o a los que llaman *touristas*, y los cascos de granada, las balas de fusil y hasta los botones de los uniformes de renegado pasaron a ser joyas históricas, destinadas a vincularse en el patrimonio de las familias. Aún existen en Vitoria muchos de estos pedacitos del gran desastre.

Diose orden de enterrar los cadáveres que en el llano del convoy había, no siendo tan fácil los del vasto campo de batalla por ser en número de cuatro mil, juntas las pérdidas de unos y otros, pasando de diez mil los heridos. Mortificó a los curiosos el espectáculo de tanto hombre muerto, siquier fueran franceses y renegados; y muchos ofrecieron la cooperación de sus manos para echar tierra dentro de los hoyos que se tragaban tanta juventud desgraciada en vida y en muerte, los amores de innumerables madres, tanta y tan robusta vida nutrida en los pacíficos hogares para la paz y la felicidad.

Entre los curiosos que de Vitoria habían venido era de notar un anciano de mucha edad y poca andadura, con el cuerpo inclinado hacia adelante, la cabeza temblorosa, verdes espejuelos ante los ojos y apoyada la una mano en grueso bastón de nudos, mientras con la otra cogía el brazo de una linda joven rubia. Iban los dos por el camino adelante observando todo con curiosidad suma, siendo ella la que primeramente con sus vivísimos volubles ojos veía los objetos y los señalaba después a la tardía atención del viejo. Él se regocijaba con la vista de tanto cañón tomado, de tanta riqueza rescatada, y a cada nueva sorpresa se desvanecía en apologéticos comentarios de la destreza de lord Wellington, encomiando, sobre todo el providente designio del Altísimo, que como padre y ordenador de las victorias, nos había dado aquella tan completa y admirable.

—La causa de Dios triunfa y triunfará mientras haya soldados cristianos en el mundo —decía el abuelo a su linda nieta—. A estos desastres horrorosos son conducidos los que han intentado alevemente apropiarse nuestro suelo, y mudar nuestras costumbres, haciéndonos de fieles piadosos, herejes corrompidos, de leales y pacíficos, revolucionarios y jacobinos.

—¡Ah, pobres muchachos! —exclamó la nieta y apartando con horror la vista de unos infelices cuerpos de jurados que eran conducidos a la sepultura—. Son renegados, papaíto, tienen uniforme verde, sombrero de piel con águila dorada, una cartera en la cintura con águila, y muchos botoncitos... también con águila.

—Sí, verás águilas por todas partes. Esos hoyos se llenarán de ellas, y la honda tierra no podrá guardar en su seno tantas insignias imperiales. A eso está destinado el poder de Bonaparte. Europa no tiene bastante tierra para sepultar el inmenso cadáver... En cuanto a los infelices jurados, son los que menos lástima me inspiran. Oye bien lo que te digo, hija mía, oye la voz de un anciano patriota, español y cristiano: además del infierno que existe para toda clase de pecadores, ha de haber uno con tormentos extraordinarios de inapreciable horror para los que hacen traición a su patria y a sus banderas.

149

—¡Otro infierno! —exclamó la muchacha con espanto, a pesar de que diariamente oía parecidos conceptos.

—¡Otro! Allá en lo profundo los condenados ordinarios no han de querer habitar con los renegados y traidores —dijo el hombre decrépito, silabeando enérgicamente con sus gruesos labios—. Los renegados venden a sus hermanos, entregan la patria al enemigo para que este la despoje y la deshonre a su antojo extirpando en ella la fe religiosa, faro del mundo y único consuelo de las buenas almas. El traidor en esta guerra, donde se discuten las dos cosas más sagradas, es decir, el Rey y la religión; el traidor en esta guerra, digo, es el más vil instrumento de Satanás. Solo le igualan en maldad los que yo llamo traidores y renegados en el campo de la ley, o para que me entiendas mejor, los que por favorecer hipócritamente a Bonaparte, introducen en España caprichosas leyes a estilo jacobino, y constituciones que son lazos tendidos a los pueblos por la herejía, por la licencia, por el democratismo, por la soberbia de los pequeños que quieren parecerse a los grandes, gritando y metiendo bulla... Pero Dios está con nosotros, hija mía. Dios es español.

—¡Dios es español!

Dios, sí —añadió el viejo golpeando violentamente el suelo con su nudoso bastón—, y ya ves ahí los golpes de su mano protectora. Creo que mediante la bondad divina y la espada del arcángel guerrero, el mal que aparece en nuestra leal y sumisa España no tomará grandes proporciones. Abriranse muchos hoyos como ese, y esas bocas de la tierra española se tragarán a sus perversos hijos.

—¡Ay! —gritó la muchacha, temblando y agarrándose fuertemente al brazo de su abuelo—. Pero no es nada... Nada, papaíto.

—¿Tienes miedo?

—No... —dijo la joven, reponiéndose de su sobresalto y turbación— es que... No sé por qué me he estremecido toda y he sentido frío en el corazón al ver...

—¿Qué has visto? —preguntó el viejo deteniéndose.

—Todavía no han enterrado aquellas águilas, papaíto, aquellas águilas que brillan en los sombreros peludos, en las golas, y en las carteras, y en los botones... Sus alas abiertas, sus picos corvos, sus garras que aprietan un haz de rayos...

—¿Qué?

—Me dan miedo.

—¡Eres tonta! Adelante... Pero si no me engaño, ese que hacia aquí viene es nuestro amigo Carlos Navarro, el hijo de don Fernando Garrote... Mira tú, a ver si me engaño...

Miraba hacia atrás la damita con la fijeza de una curiosidad vivísima. Su rostro había adquirido marmórea blancura.

—¿Por qué te detienes y miras hacia atrás? —gruñó el viejo sacudiendo el brazo—. ¿Dices que tienes miedo y miras, Genara?... Te digo que observes si ese que se ha detenido junto a aquel cañón es Carlos Navarro, el hijo del desgraciado don Fernando Garrote.

—El mismo es —repuso Genara observando.

—Vamos hacia él... ¡Pobre muchacho! Quizás no sepa todavía el desgraciado fin de su padre, asesinado en Ariñez por los vándalos.

Antes que nieta y abuelo llegasen junto a él, Carlos Navarro, que los vio, corrió a su encuentro. Su semblante estaba alterado por viva aflicción y algunas lágrimas humedecieron sus ojos cuando tomó para besarla la mano del decrépito anciano, su amigo.

Vestía Navarro un traje que no era completamente militar, ni tampoco de paisano. Componíase de una blusa en cuyas mangas, a falta de charreteras, mostraban la arbitraria graduación del guerrillero, galones diversos de plata y oro, puestos con arte y aun con cierta elegancia. Botas y espuelas muy finas eran distintivo de que guerreaba a caballo, y cubría la cabeza no con los empinados morriones de la época, sino con una sencilla gorra verde de cuartel, primorosamente bordada de oro. La sofocación del día anterior y la pesadumbre recientemente recibida habían dado a su rostro un tinte violáceo y como enfermizo que parecía aumentar el negror de sus fieros ojos y afilarle la nariz y hacerle más grande la vasta frente. Había en su cuerpo la indolencia de la victoria un poco enfatuada; pero aun así, por su alta estatura y airoso porte y grave semblante era una de las figuras de más atractivo que podían verse.

—Señor don Miguel de Baraona —dijo con voz conmovida—, ¿ha venido usted desde Vitoria a ver el campo de batalla y el gran convoy ganado?

—Sí —replicó con entusiasmo el anciano encendido su corazón con fuego juvenil—, he venido a ver vuestros triunfos, vuestra gloria, jóvenes sublimes, jóvenes admirables, ¡hijos queridos de España y de Dios! Ven acá —añadió echándole los brazos al cuello—, ven acá y déjame que te estreche contra mi corazón: abrazándote, creo abrazar a toda la España valerosa y cristiana. Me rejuvenezco, hijo mío. Que Dios te bendiga, que Dios te conserve. Tú y los tuyos sois instrumentos de su bondad divina, sois la imagen humana de su brazo omnipotente. Seguid en vuestra gloriosa, en vuestra santa tarea de limpiar esta cizaña, que no os faltará que hacer en algún tiempo, porque el mal se ha desatado en España y vendrán días de sangre... Ya sé por qué estás tan afligido, hijo mío, ya he sabido por unos jurados prisioneros que fueron anoche a Vitoria, la inmensa desgracia...

—¡Mi padre!... —exclamó Carlos cubriéndose el rostro con las manos.

—Tu padre, tu excelente padre —dijo Baraona—. Don Fernando Garrote, el gran caballero cristiano de Treviño, el hombre de ideas sólidas, el español puro ha sido asesinado por los traidores... Lo sé, y he llorado al patriota y al amigo. También sé que murió el pobre Respaldiza.

—¡No esperaba esta desgracia! —murmuró con desaliento Navarro secando sus lágrimas—. Confiaba en Dios; me sentía protegido por la divina mano, y al ver el heroísmo de mi padre, su firme propósito de pelear por la patria y por la Iglesia, creía yo que el Señor no podía abandonarle en manos de los facinerosos.

—¡Oh! ¿Sabemos acaso sus designios profundos? —dijo con buena entonación Baraona, señalando con su palo el firmamento inundado de luz—. Hijo mío, oye bien lo que te digo, que es la voz de un patriota y de un español puro, sin mancha de afrancesamiento. Además del paraíso que Dios destina a los elegidos, ha de haber otro paraíso mejor para estos mártires de la patria, para estos defensores de los grandes principios, para estos que en primera línea han peleado por la esposa de Jesucristo, para estos a quienes debe la sociedad su fundamento, para tu virtuoso y santo padre, en fin.

—¡Otro cielo! —murmuró Genara pensativa.

—¡Has perdido a tu padre! —prosiguió Baraona con efusión estrechando de nuevo al joven entre sus brazos—. En mí tendrás otro desde hoy.

Carlos Navarro se arrojó en los brazos del anciano ocultando en el hombro de este su rostro inundado de llanto.

—Hace tiempo que tu buen padre me habló de un dulce proyecto que me agradaba en extremo, Carlos —dijo el viejo mirando alternativamente a su nieta y al joven guerrillero—. ¿Sabes lo que quiero decir? Tú mismo me has manifestado de una manera indirecta la noble afición que te inclina hacia mi familia. Carlos, hijo mío, que este día de gloria, aunque triste para ti, lo sea también de contento para los tres que aquí estamos.

Genara se puso como una amapola.

Contra lo que Baraona esperaba, Carlos no hizo demostración alguna de contento. Mirando a Genara con tristes ojos, dijo:

—Genara no me quiere.

—¡Que no! ¡Mal pecado! —gruñó el viejo mirando con asombro a su nieta que callaba—. Genara, recuerda lo que me dijiste la noche en que salimos de la Puebla... Pero, hijos míos, vosotros os entenderéis. No es propio de mis canas intervenir como mediador de galanteos. Carlos, ven con nosotros. Tú tienes cara de no haber comido en tres días; yo y mi nieta no hemos tomado cosa alguna después del chocolate; pero como pensamos pasar aquí gran parte del día, trajimos una no despreciable refacción. Vamos allá... ¿En dónde dejamos el coche, Genarilla? Ya... Ahí; hacia aquellos olmos. Ven Carlos; allí nos espera el señor canónigo de la colegiata, don Blas Arriaga, el capellán de las monjas de Santa Brígida y mi primo el secretario de la Inquisición. Despáchate, si tienes algo que decir a tus amigos, acaba pronto, pero no convides a ninguno, porque nos quedaríamos a media ración... La merienda no es mala; viene alguna carne fiambre y lengua y una pavita. Las monjas añadieron bollos y limoncillos, y el canónigo trajo lo mejor de su bodega... Pues parece que no y tengo hambre. Este aire del campo, el regocijo de este día... En marcha, en marcha, pues.

Dirigiéronse los tres hacia el lugar donde esperaba el cochecito. En los lugares más apacibles del vasto campo, veíanse algunas meriendas sobre la verde yerba, pues los vitorianos hicieron festivo aquel día, tomando la visita al campo de batalla como una especie de romería, en la cual no podían faltar ni el buen vino, ni las buenas tajadas, ni la noble expansión éuskara.

Genara y Carlitos marchaban silenciosos, pero por los tres hablaba don Miguel de Baraona, siendo tal su alborozo, que desde lejos empezó a agitar el palo, llamando con su cascada voz a los tres personajes que antes mencionara y que vagaban por aquellos contornos. Antes de que todos los comensales se reunieran, pasaron Baraona y la nieta por el mismo paraje donde poco antes infundieran a ésta tanto miedo las águilas de los insepultos jurados.

—¿Otra vez tiemblas? —le dijo el abuelo observando que la muchacha palidecía—. ¡Qué medrosa eres!

—Genara no puede tener miedo a los muertos —afirmó Carlos con aplomo—. Genara es una mujer valerosa.

—¡Ay, no vayamos por aquí! —exclamó la joven soltando bruscamente el brazo de su abuelo—: he visto, he visto...

—¿Qué has, visto?

—Ya están dentro del hoyo —dijo Baraona acercándose al grupo de gente que rodeaba la ancha sepultura—, pero falta echar tierra, mucha tierra encima.

Genara, a pesar de su agitación, en vez de huir, acercose resueltamente al hoyo, y allí permaneció fija, inmóvil, con la vista clavada en aquella hondura donde yacían revueltos y en extrañas posturas los cuerpos arrojados dentro. Observolos a todos y a cada uno con atención profunda: ni lloraron sus ojos, ni perdió su semblante aquel grave ceño estatuario que la asemejaba en tal escena a una diosa antigua recibiendo la ofrenda de sangre humana vertida en aras de su orgullo.

—Abuelo, ya ves cómo no tengo miedo a los muertos —dijo al fin—: ¿y tú?

—Ven, ven acá, tonta, tontísima —gritó el abuelo.

Los que contemplaban el fúnebre espectáculo se descubrieron, y empezó a caer tierra dentro.

—Dios manda que se rece a los muertos y se perdone a los que nos han ofendido —dijo gravemente Navarro descubriéndose también al pasar junto al hoyo y mirando los fúnebres despojos que dentro había—; pero no puedo mirar sin encono vuestro uniforme. Si tuvisteis parte en la muerte del mejor de los padres, ¡malditos! que Dios os condene eternamente, y sean vuestros tormentos superiores a todo lo que puede idear la imaginación más exaltada.

Dicha esta imprecación, que denotaba las violentas pasiones del alma de Carlos Garrote, hizo la señal de la cruz y se unió a Baraona que ya estaba algo distante, junto a su nieta. Cuando llegaron bajo los olmos, ya el canónigo de la colegiata, el capellán de las monjas y el secretario de la Inquisición revolvían la cesta de los fiambres.

XXVI

Aquella a quien oímos primero junto a la empalizada de una huerta de la Puebla de Arganzón, y acabamos de ver y oír ahora mismo al borde de una sepultura, era una muchachuela bonita, de apariencia delicada y casi infantil. Recordaba normalmente su fisonomía la de aquellas vírgenes a quienes figuran los pintores tocando el laúd y a veces el violín en los místicos conciertos del cielo, entre aperladas nubes que hacen resaltar el oro de sus cabellos y la beatífica seriedad de sus labios sin sonrisa, pues el arrobamiento y el canto las ponen graves como doctores. Genarita o Generosa, a pesar de su belleza original, tenía en ocasiones un ceño bastante sombrío y un modo de mirar que no indicaba la diafanidad, o mejor, el perfecto equilibrio de espíritu de un ángel celeste. Era solemnemente meditabunda, y aunque su semblante era de esos que en otros caracteres y en la misma edad están siempre mirando a todos lados, aunque no vean más que el vuelo de las moscas, ella parecía estar dispuesta a no ocuparse nunca de cosas pequeñas. Las moscas que ella miraba, no las veían los demás.

La fisonomía engaña casi siempre, y bajo aquel semblante que recordaba a la espigadora Ruth o a la organista Cecilia, se escondía una culebrita graciosa que halagaba enroscándose, un carácter vehemente que a la edad de diecisiete años vivía atormentándose a sí mismo con aspiraciones locas, con entusiasmos delirantes, con deseos no bien definidos o que variaban a cada hora. El reptil se mordía a sí propio, por no haber encontrado todavía en quien cebarse, y con la cola se azotaba la cabeza. Impresionable hasta un extremo casi inverosímil, lo que a otras entristecía, a ella la ponía furiosa, lo que a otras daba alegría, infundía en aquesta una fiebre de júbilo, que

155

necesitaba un pesar para calmarse. Sus sentimientos siempre en lucha, se manifestaban de improviso y de una manera torrencial y borrascosa. Cualquier accidente externo, impresionándola como impresiona el rayo, podía hacerlos cambiar en un instante.

Sus ideas eran, sin embargo, exclusivas y fijas, ideas asimismo oscuras y extravagantes sobre la vida y la sociedad, pero arraigadas con tenacidad extraordinaria. Tenía la terquedad de su abuelo, hombre de granito, una especie de montaña humana, formada con los seculares yacimientos del ideal de la autoridad, y que no podía henderse ni desmoronarse, ni dejar de ser montaña. Carecía Generosa de la fácil ternura que parece propia de una complexión delicada, y cuando este dulce sentimiento aparecía en ella, era enteramente superficial y simulado. Finalmente, no le faltaban dotes de inteligencia, siempre que no se tocase a las preocupaciones o a las ideas que en su consistencia geológica eran base de la familia.

Todo esto lo vemos más adelante, porque esta hermosa bestiecita, esta mujer linda y profunda, este hermoso vaso lleno de tempestades, y que conteniendo el Océano parece una redoma de peces, ocupará lugar muy importante en las historias que van a leerse, y a las cuales sirve de prefacio la siguiente.

Sentados todos, y tendido el mantel, la cesta dio de sí todo lo que tenía, y empezó la comida.

—Es preciso sobreponerse a la tristeza que esos desagradables sucesos hayan podido ocasionar a alguno de los presentes —dijo el viejo Baraona, descuartizando la pava, mientras el capellán de las monjas de Santa Brígida aplicaba su nariz a la boca de las botellas para ver si era justa la fama de las bodegas del señor canónigo.

—Basta de melancolías, Carlitos —indicó el secretario de la Inquisición—. A lo hecho, pecho, y cuando las cosas no tienen remedio...

—Dejadle que se desahogue y llore la muerte del más insigne caballero de este país —ordenó con énfasis Baraona, partiendo en lonjas la lengua de vaca, sin dar ni por un momento reposo a la suya—, de aquel modelo de patricios, de aquel hombre cuyos sanos principios en todo lo relativo al gobierno de estos reinos, eran admiración y enseñanza de cuantos le oían.

—Grande y ejemplar varón ha perdido España, no puede dudarse —añadió, elevando los ojos al cielo, el capellán de Santa Brígida, tranquilizado ya respecto a los títulos de celebridad de las bodegas de su amigo—. Le lloraremos toda la vida los que conocimos su caballerosidad y aquella noble entereza de principios.

—Su muerte —dijo Baraona llenando los platos de los demás— debe quedar en la memoria de los buenos hijos de España como un recuerdo santo. Ha sido el mártir de esta gloriosa fe del patriotismo cristiano, del patriotismo cristiano, señores, entiéndase bien. Siempre habrá distancia inconmensurable entre lo que yo llamo el *patriotismo cristiano* y esa gárrula palabrería de los que se llaman *patriotas* en Cádiz y en Madrid.

—Los que nos llaman *serviles*, señor don Miguel —indicó el capellán.

—Tan infame mote —afirmó Baraona frunciendo el ceño y apretando el puño— será escrito con sangre en la frente de los que lo inventaron. ¿No es verdad, Carlitos?

Carlos, profundamente abstraído, ni comía ni contestaba sino con ligeras inclinaciones de cabeza.

—¿Saben cómo les llamo yo? —dijo Baraona con violenta cólera y dando fuerte golpe en la tierra con la botella que en su mano tenía—. ¡Pues les llamo *negros*!

—¿*Negros*? —dijo Genara con súbito arranque de jovialidad que contrastaba con su anterior tristeza—. Pues sea: beba usted señor capellán, beba usted señor canónigo, y usted señor secretario.

Y tomando la botella de manos de su abuelo, a todos repartió porción bastante a humedecer los secos paladares.

—¿Y usted no bebe, Generosita?

—¿Yo?... Una miaja... Menos, mucho menos, señor capellán, con medio dedo me basta —repuso la muchacha levantando el vaso para impedir que el capellán lo llenase todo como quería.

—Y aún me parece mucho —indicó Baraona—. A ver, Carlos, tu vaso.

—Ahora —dijo la doncella con animado semblante— alcen ustedes los vasos y beban a la salud de toda la gente *blanca*.

Tan entusiástica proposición, dicha con arrebatadora voz, con gran viveza en los ojos, con una sonrisa celestial que descubrió los blancos dientecitos de la víbora entre el coral de sus frescos labios, y acompañada de un gracioso gesto con brazo y mano derechos, produjo mágico efecto entre los comensales. Gritaron todos, y una aclamación recorrió aquellos campos de tristeza.

—Las mujeres —dijo Baraona— tienen el don de expresar las ideas con gracia incomparable y en forma que las hace inteligibles a todo el mundo. A la salud de toda la gente blanca, a la salud de la patria libre de franceses y de ideas francesas, de la religión de nuestros padres, de nuestras santas y morigeradas costumbres, de nuestra inmutable y siempre gloriosa España, que desafía a los siglos y sobre la cual pasan y pasarán los negros innovadores, como hojas de otoño que se lleva el viento.

—Amén —murmuró el capellán.

—El pobre Carlitos no come —dijo el canónigo—. No debe uno dejarse dominar por el dolor. Hay que hacer un esfuerzo... No debe ser desatendido el cuerpo. Aquí donde me ven, aunque parece que tengo apetito no es verdad, y necesito vencerme y luchar conmigo mismo para pasar cada bocado... Me ha ordenado el doctor que coma, y aunque es para mí un suplicio, lo acepto, porque Dios manda que se conserve la salud del cuerpo.

—Vamos, otro esfuercito —dijo el capellán de monjas, poniendo un pedazo de pechuga en el plato, ya dos veces vacío del inapetente canónigo.

—Carlos, hay que ser juicioso —indicó Baraona—. Genara, te encargo que no dejes morir de hambre a nuestro heroico guerrillero.

Genara empezó a poner en práctica el encargo, y Carlos dejábase seducir poco a poco.

—Yo me hago cargo de su tristeza —dijo el secretario de la Inquisición, a quien los médicos no habían recomendado que hiciese esfuerzos para comer—. El recuerdo del noble mártir que ha subido al cielo...

—¡Oh, sí! —exclamó Baraona, acudiendo en auxilio del capellán de monjas, que se había quedado ya sin pechuga y sin lengua—. La imagen funesta no se apartará de su mente en mucho tiempo, y más vale que sea así, señores, para que no pierda los bríos ni el indomable furor de venganza que le impulsa a combatir...

—¡Es verdad!

—La muerte de nuestro valiente y caballeroso amigo —continuó el anciano—, me ha inspirado una idea que voy a comunicar a ustedes.

A excepción del capellán de monjas que hacía estudios anatómicos en el esqueleto de la pava, todos los presentes dieron reposo a los dientes, para escuchar al respetable patriarca de las montañas alavesas.

—En lo sucesivo, señores —dijo este con grave y profético tono—, y atendidos los síntomas de discordia civil que presenta España por el insolente jacobinismo de los *negros*, los buenos españoles debemos adorar fervorosamente dos cruces.

—¡Dos cruces! —exclamó Genara.

—¡Dos cruces, sí! La cruz religiosa, aquella en que Dios se dignó morir para redimirnos del pecado; aquella que desde niños adoramos; aquella que nos hicieron besar nuestras madres en la cuna, y además esta otra cruz del sentimiento patrio en la cual ha muerto nuestro buen amigo, el incomparable, el santo entre los santos guerreros, don Fernando Garrote, acompañado del buen cura de la Puebla. Esta cruz que como instrumento de ignominia han alzado los franceses, los renegados y los traidores, será para nosotros como la otra, lábaro sagrado que llevará a la juventud a la gloria. Murió don Fernando en ella: clavole un clavo la traición, otro la deslealtad, otro la herejía. Expiró en ella coronado con las espinas del democratismo, y pusiéronle el *Inri* de las ideas jacobinas, que después de todo son las ideas que han traído aquí el escándalo, y las que aceptaron los afrancesados, y quieren imponernos los llamados liberales... Señores, donde hay mártires, hay religión; desde que hay cruz, hay fe. Adoremos esa cruz, llevémosla en nuestro corazón juntamente con la otra, de la cual es como un reflejo; adorémoslas a las dos, pues las dos deben ser nuestro norte y nuestra luz. ¡Religión! ¡Patria! —añadió con majestuoso acento, en el cual vibraba la grave armonía de la inspiración—. ¡Sois dos nombres y sin embargo no sois más que una sola idea, una idea inmutable, eterna, fija como el mundo, como Dios, del cual todo se deriva! ¡Religión! ¡Patria!... ¡Sois dos luces espléndidas, cuyo fulgor no puede apagarse, ni tampoco cambiar como las chispas de una fiesta de pólvora! ¡Una y otra fe tenéis dogmas eminentes, que la arrogante ciencia del hombre no puede variar; una y otra fe tenéis la inmutable y permanente condición del pensamiento divino que os ha creado! Sois lo que sois, y no podéis ser otra cosa. En vuestro sagrado catecismo la mano audaz del filósofo no puede hacer la menor variación ni mudar una sola letra. ¡Sois como el firmamento inmenso a donde no puede llegar la mano del hombre para quitar o poner una sola estrella!

—Bendito sea el insigne patriarca que tales cosas piensa y tales maravillas dice —exclamó con efusión de sensibilidad y entusiasmo Carlos Garrote, besando las manos del viejo Baraona—. ¡Esas dos cruces, grabadas están en mi corazón, la una sobre la otra! Me preservaron contra las armas de los traidores y de los vándalos, y me preservarán contra toda clase de enemigos.

El capellán de monjas, no pudiendo contener su entusiasmo, abrazó tiernísimamente a Baraona, y el secretario de la Inquisición abrazó a Garrote. Aquello era una manifestación general de sentimientos patrióticos.

—Carlos —dijo Genara al joven guerrillero cuando la borrasca de los abrazos pasó—, en Vitoria nos dijeron que habías hecho cosas admirables en la batalla de ayer. Cuéntanos algo de eso.

—Sí, que nos cuente sus heroicidades. También he oído hablar de ellas —indicó el canónigo.

—Al instante... ¡fuera modestia! —exclamó Baraona.

Carlos, por tan distintos ruegos apremiado, trató de vencer su amarga tristeza, y cediendo principalmente a las súplicas de Genara, que le cautivaban el alma, empezó a contar varios sucesos del día anterior, dando la preferencia a los que había presenciado, siendo actor en ellos; pero al nombrarse a sí propio, lo hacía con gravedad y modestia, no ensalzando sus propias acciones, sino antes bien rebajándolas para no aparecer vanidoso. En la relación ponía gran arte, para que se revelara su mérito sin dejar de ser modesto, y siéndolo, su persona, aparecía en ellos rodeada de brillante aureola.

Oíanle todos con atención profunda, y Genara con arrobamiento. Fijos sus ojos en el rostro del guerrillero, parecía que anhelaba leer en él sus ideas, antes que fueran expuestas por la palabra. El relato fue muy largo, pero interesante y conmovedor, siendo muy del gusto de todos los allí presentes, que no perdieron ni una sílaba. El único que no se mostró excesivamente interesado por las glorias nacionales, fue el capellán de monjas, que cerrando los ojos con beatífica tranquilidad, se quedó dormido.

Concluida la patética narración, Baraona habló de retirarse a Vitoria; pero los demás fueron de opinión que se durmiera la siesta al amparo de aquella hermosa olmeda, y así lo hicieron los cuatro personajes, quedándose en vela Genara y Carlos. Largo tiempo transcurrió en conversación muy íntima y cordial, en la cual parecía haber confidencias, declaraciones, riñas, arrepentimientos, promesas, y qué sé yo... todos los dulces amargores de un amoroso diálogo. Al fin despertaron los durmientes, siendo el capellán de monjas el más pesado para volver en su acuerdo. Caía la tarde y empezaron a recoger todo; mas aún no se habían levantado, cuando apareció ante ellos una señora de buena presencia, vestida con heterogéneas ropas, de una manera tan singular que más parecía tapada que vestida. Su semblante indicaba zozobra, inanición y reciente llanto. Parecía persona de calidad, y al punto comprendieron Baraona y sus amigos que era una víctima del día anterior.

—Señores —dijo— siendo españoles, no pueden dejar de ser caritativos...

—Así es, en efecto, señora —repuso Baraona.

Y siendo caritativos, ¿tendrán la bondad de darme algo de lo que de su merienda les ha sobrado?... Soy una infeliz víctima del saqueo y rapiña de anoche, a pesar de no ser afrancesada y encontrarme en el convoy por casualidad...

—Ello podrá ser cierto —dijo el secretario de la Inquisición con malicia— pero también podrá no serlo.

—Por casualidad, sí... He sufrido el despojo sin culpa —continuó la afligida dama, llorando—. Soy una persona principal que se ve en la triste necesidad de pedir limosna para vivir. Allí, tras aquellas cajas vacías, con las cuales hemos hecho una especie de barraca, está mi esposo, alcalde de la ciudad de Bailén, cuando la batalla, y mi amadísimo hermano, seminarista hasta hace poco, y después guerrillero en las guerrillas del *Fraile*, hasta que una enfermedad le obligó a dirigirse a Francia...

—¡Oh, señora! —dijo el canónigo—, no es preciso que usted nos cuente la historia completa de sus parientes. Persona principal y decente parece usted deploramos la casualidad que la ha hecho tan desgracia. Caritativos somos, y no restos de nuestra comida, sino algo entero que debe de quedar en la cesta le daremos... Genarita, lléveselo usted.

La dolorida sin poder contener sus lágrimas no cesaba de repetir:

—Gracias, gracias, generoso señor.

—Ya podía esta señora vestirse de otra manera —dijo sonriendo el capellán al oído del canónigo—. ¿No es verdad que tal traje no es propio para ponerse delante de eclesiásticos?

Genara se levantó para dar a la desconocida cuanto quedaba en la cesta.

—Hija, ve con ella y mira si tienen necesidad de algo de ropa —dijo Baraona—. Juraría que esa señora ha dicho verdad, y que no es afrancesada, sino una rancia española... Carlos, acompaña a mi hija.

XXVII

Indudablemente el guerrillero y Genara deseaban pretexto cualquiera para alejarse un trechito y perder de vista por breve momento al abuelo y compañeros de mesa. Disimulando su gozo marcharon tras la desconocida; pero como no tenían prisa de llegar a donde ella iba, la dejaron ir delante y que se alejase todo lo que quisiera. Principiaba a oscurecer. Viéndose solos, reanudaron su coloquio con mayor vehemencia al pie de los olmos, siendo Genara la que con más calor se expresaba. Tomándose las manos, dejáronse ir vagabundos, abandonados a la dulce corriente que de sus mismas palabras y de sus propios movimientos se derivaba.

—Genara de mi vida —decía el guerrillero cuando ya llevaban algunos minutos de paseo, de conversación, de miradas tiernas y de apretones de manos— si es cierto lo que me dices, te perdono, y seré para ti lo que siempre he sido, un esclavo. Día de luto es este para mí, pero si algún consuelo debo recibir, consistirá en palabras de tu boca, Genara de mi corazón; mi vida y mi persona te pertenecen. Te adoro desde que te conocí y te idolatraré hasta la muerte.

—Carlos —repuso la joven con ardor—, si no me crees lo que te he dicho, me enojaré, me pondré enferma, me consumiré de tristeza, me moriré de pesadumbre. Carlos, no lo dudes ni un momento. Si bajé aquella noche a la empalizada de la huerta, fue porque confundí a Salvador contigo... hizo la misma señal... No había dicho dos palabras el traidor, cuando llegaste tú... ¿Lo crees, Carlos? Dime que lo crees, dime que no queda en tu alma una chispa de recelo, y seré la mujer más feliz de la tierra.

—Bien, Genara —dijo Navarro—. Aunque no fuera verdad, debería creerlo. ¿Oíste lo que dijo tu abuelo cuando nos encontramos hace poco? Su deseo era el mismo de mi desgraciado padre, y también el mismo que ha sido por mucho tiempo y es hoy la más cara, la más dulce, la más risueña ilusión de mi vida. Dime una palabra y nuestro destino quedará fijado para siempre, y la noble pasión de mi alma satisfecha, y la elección suprema de la vida santificada por un leal juramento, ante las miradas de Dios que desde el cielo nos está mirando y nos bendice. ¿Genara, quieres ser mi mujer?

Genara contestó arrojándose en los brazos del guerrillero, que la estrechó en ellos amorosamente. Casi en el mismo instante, ambos jóvenes hicieron un movimiento de sorpresa y temor. Alguien les miraba; frente a ellos y a distancia como de cuatro varas estaba una figura delgada y sombría, un hombre completamente vestido de negro, con la cabeza descubierta. Después de dar algunos pasos, se detuvo. Tras él veíase una especie de choza formada por cajas vacías, y en el angosto recinto, de tal manera formado, clareaba la llama de un hogar y se oían algunas voces.

—Aquí es —dijo Navarro viendo la barraca—. Entra y da a esas pobres gentes lo que les traes.

Genara después de dar algunos pasos, lanzó un grito de espanto.

—Navarro, Navarro, defiéndeme —exclamó con angustiosa voz, corriendo a arrojarse en los brazos del guerrillero y dejando caer en el suelo las viandas que llevaba.

—¿Quién es, quién va? —dijo Navarro con turbación en el breve momento que tardó en conocer a la sombría figura que tenía delante.

—Defiéndeme —gritó Genara dando diente con diente—; ese hombre me quiere matar.

El aparecido no había hecho movimiento alguno. Llegose a él Navarro, dejando atrás y a regular trecho a la atemorizada joven y le observó con calma.

—¡Ah!... Es Monsalud... poca cosa, poca cosa... No temas, Genara... Esto ni pincha ni corta... A fe que no esperaba verte, Salvador. Creí que habías muerto.

—Hubiera hecho muy mal en morirme —dijo Monsalud— sin cobrar una deuda que tengo contigo.

—¿Conmigo?... iah, ya! —añadió Navarro flemáticamente—. Cuando quieras... ¿Era para ti para quien pedía esa mujer, llamándote seminarista y guerrillero del *Fraile*?

—¿Qué dices? —preguntó Monsalud, ajeno a las jerarquías inventadas por doña Pepita.

—iQue eres un farsante, un embustero! —exclamó Navarro perdiendo la serenidad.

—Sí, un embustero, un farsante —repitió Genara alejándose más.

—Pero observo aquí la mano de Dios —añadió Carlos con petulancia—. Con tu disfraz y tu cambio de nombre te has ocultado de todo el ejército, pero no te has ocultado de mí.

—Es verdad —dijo Monsalud con enérgica ira—. Pues aquí me tienes. Puedes delatarme, denunciarme, llevarme arrastrado por los cabellos a donde tus salvajes jefes están haciendo cuentas por ver si algún jurado se escapó de la carnicería de anoche. Yo me salvé; pero ahora te proporciono ocasión de ganar un elogio, quizás un grado... Anda, llévame; di que me has descubierto, que me has cogido, y quizás te den un cigarro.

—Si yo fuera tú, te delataría... —dijo Navarro dando un paso hacia adelante—. Puedes vivir y engañar hasta dentro de un rato... Pero me olvidaba de que te hemos traído de comer.

Navarro, recogiendo del suelo lo que había caído, lo arrojó a los pies de Monsalud, que no hizo ademán alguno, dando a entender que no recibía limosna.

—¿Hasta dentro de un rato? —dijo Salvador—. ¿Por qué no ahora mismo?

Doña Pepita atraída por las voces, presenciaba la singular escena sin comprender una palabra; mas no se le ocultaba que allí había peligro para Monsalud, y llegándose al otro, le dijo con amargura:

—Señor militar, no delate usted a mi pobre hermano... No, ¿para qué mentir? no es mi hermano, es mi amigo... Es un muchacho honrado y leal. Ya que escapó, déjele usted vivir.

Una figura macilenta y oscura se arrastraba a cuatro pies por el suelo, semejándose por la oscuridad de la noche a un gran perro de Terranova. Era el oidor que recogía los restos de la comida.

—¡Yo delatar! —exclamó Navarro—. Señora, esté usted tranquila. No haremos ningún daño a su...

—A su amigo —murmuró Genara acercándose al grupo y clavando sus ojos con ansiedad profunda en el semblante de la desconocida señora.

—No le haremos ningún daño —añadió con ironía Navarro, tomando la mano de Genara, como para retirarse con ella—, pero el amiguito se muere de hambre y de miedo: cuídele usted.

Volvieron la espalda Navarro y Genara. Después de una breve disputa con doña Pepita, Salvador se separó de esta para seguir a los prometidos esposos.

—Detengámonos —dijo Navarro a su presunta consorte—. Viene detrás, y puede herirnos por la espalda.

—¡Pero aquella mujer, aquella mujer! —exclamó Genara apretando los puños y temblando de ira—. ¿La viste? ¿Has oído insolencia igual? ¿Pues no dijo que era su?...

—Su cortejo... Salvador es muchacho de muy malas costumbres.

—¡Cuando tal dijo...! —añadió Genara con la exaltación propia de su carácter en determinadas ocasiones—. ¡Oh! Navarro, no tienes alma... ¿por qué no abofeteaste a esa infame mujer?

Baraona y los tres amigos, viendo la tardanza de los dos jóvenes, se adelantaban a su encuentro.

—Vamos, que es muy tarde. Aprisa, niños... ¿qué habláis ahí?... Hombre, ¡como si no tuvieran tiempo de charlar hasta que se les seque la lengua!...

—Aprisita, aprisita —dijo el capellán, arropándose con su manteo—. La noche está fresca.

—Ya se ve... Como ellos están en la flor de su edad y conservan todo el calor de la vida —murmuró el canónigo con cierta expresión envidiosa.

Genara y Navarro llegaron al fin.

—¿Qué tienes, hijita? —dijo Baraona advirtiendo mucha palidez y trastorno en el semblante de su nieta.

—No es nada —replicó Carlos—. Hemos visto escenas muy lastimosas en la barraca. ¡Cuánta desgracia y miseria en este triste campo, señor Baraona!

—Sí, lo comprendo; pero la guerra es guerra.

—La guerra tiene que ser guerra, es claro —repitió el capellán.

—Pues claro: ¿qué ha de ser la guerra sino guerra? —murmuró el canónigo.

—Evidentemente la guerra es y será siempre guerra —añadió el secretario de la Inquisición.

—Al coche, pronto al coche.

Un vehículo, del cual no se podía decir fijamente si era coche o catedral, se acercó al sitio donde estaban los amigos.

—Carlos, supongo que no podrás venir con nosotros —indicó Baraona, subiendo penosamente con el auxilio de un criado.

—Me es imposible.

—¡Ah! no había visto a esa persona que te acompaña, buenas noches, señor.. —dijo don Miguel saludando a Monsalud, el cual siguiendo a Carlos, había quedado a cierta distancia.

—Es un amigo a quien casualmente acabo de encontrar.

—¡Ah! muy señor mío... —dijo Baraona.

—Por muchos años... —gruñó el capellán.

—¡En marcha, en marcha! —exclamó el canónigo.

—Hasta mañana —dijo Navarro a Genara cuando subía y se internaba dentro de la máquina—. Hasta mañana.

Genara miraba hacia fuera con estupor.

—¿No me contestas? Te he dicho que hasta mañana —añadió Navarro ofendido de la profunda abstracción de su futura esposa.

—¡Si Dios quiere! —repuso al fin Genara.

Y el monumental coche partió arrastrado por poderosas mulas.

XXVIII

—Ya estamos solos —dijo Navarro a Monsalud.

—Ya estamos solos, y en lugar a propósito —repuso Salvador—. Podemos alejarnos del camino. La noche está oscura...

—¿Qué armas tienes?

—Ninguna. Dame la que quieras.

—Renegado —exclamó Navarro—, estamos en el campo del convoy. Aquí dejaste tu vestido para ponerte el que llevas, aquí han de estar tus armas.

—Escondidas bajo tierra —repuso Salvador con desaliento—, pero si me fuera en ello la vida, no sabría encontrar entre tanta confusión el sitio donde las pusimos.

—Salvador —gritó el guerrillero con ira—, si de esa manera piensas evadirte de tu compromiso...

—No me insultes, no eches más ignominia sobre mí —dijo Monsalud con emoción profunda, y antes que colérico, conmovido y sin aliento—. Soy un desgraciado, el más desgraciado de los hombres. Si no tienes lástima de mí, guárdame al menos la consideración que merece el infortunio... ¿Me aborreces? ¿Te estorbo? ¿Te soy odioso? ¿Te molesta que viva? ¿Te mortifica que respire el aire que Dios hizo para todos? Pues delátame, denúnciame... Marcha delante y te seguiré.

—¡Qué miserable cobardía! —exclamó Navarro acompañando sus palabras de un enérgico gesto—. Si tienes miedo, si quieres renunciar a tu compromiso, dilo, y no me llames delator.

—Vamos a donde quieras —murmuró Monsalud dando algunos pasos—. Nada te costará buscarme el arma que más te guste.

—Vamos —repitió Garrote.

Ambos dieron algunos pasos: Navarro, decidido, impetuoso, resuelto; Salvador, indolente, desmayado... Pasaban junto a un árbol próximo a la cerca del camino, cuando el infeliz renegado apoyó sus brazos en el tronco y echó la cabeza hacia atrás, diciendo:

—No puedo más... Me muero...

Sus piernas se aflojaron y cayó de rodillas. Ni la energía de su alma, ni la emoción que en aquel momento sentía, ni la presencia de su enemigo que renovaba en él odios implacables, podían vencer el desmayo de su cuerpo, en el cual apenas había entrado algún mezquino alimento durante cuarenta y ocho horas.

—¿Qué mimos son esos? —preguntó Navarro.

Me muero... —murmuró Salvador—. Si tienes prisa y quieres acabar pronto, saca tu espada y atraviésame. No puedo vivir; no tengo ánimo para defenderme.

La extremada palidez y extenuación del desgraciado joven, no se ocultaron a su enemigo. Navarro comprendió cuán indigno sería provocar a duelo a un moribundo. Compasivo y generoso, acercose al joven y, echándole ambos brazos al cuerpo, le levantó.

—Vamos, no has comido hoy —dijo—. Debí empezar por lo primero.., pues para todo hay tiempo. Ven conmigo.

Monsalud se dejó levantar y conducir maquinalmente, apoyado en el brazo de su rival. Así anduvieron largo trecho, despaciosamente y sin hablar palabra. Parecían dos tiernos amigos, dos cariñosos hermanos, de los cuales el fuerte sostenía y amparaba al débil. Nadie al verlos hubiera dicho que entre ellos y en torno a ellos, envolviendo sus hermosas cabezas con fúnebre celaje, flotaba el fantasma horroroso de la guerra civil. Caía la frente del uno sobre el pecho del otro, se enlazaban sus manos, se confundían sus alientos; pero no había ni la más mínima porción de afecto en aquel abrazo de muerte. Quizás el aborrecimiento mismo impulsaba al fuerte a ser generoso; quizás la propia causa impulsaba al débil a ser condescendiente.

Llegaron a una gran barraca improvisada con cajas y lienzos, de la cual salía humo, mucha bulla, y un olor fuertísimo a aceite frito y a guisotes de campaña. Los dos jóvenes entraron. Soldados y guerrilleros bebían y comían allí, sin dar reposo a la lengua un solo momento. Entraban o salían atropelladamente trayendo y llevando víveres y pellejos de vino.

Monsalud se dejó caer en el suelo, mientras Navarro decía, dirigiéndose a uno de los más alborotadores:

—Roque, da de comer y de beber a este amigo.

Todos se fijaron en la abatida persona de Monsalud, que parecía moribundo.

—¿Es jurado? —preguntó uno.

—Es un hermano del cura de Nájera; es mi amigo —repuso Navarro—. Iba a Francia, cuando tropezó con el convoy y me lo dejaron como lo veis... ¡Eh, señor Soldevilla! —añadió sacudiendo a Salvador por el brazo—, ahora se pondrá usted como nuevo... Désele primero un buen vaso de vino.

—Mejor es un par de tajadas... —indicó un guerrillero que era riojano y conocía al señor cura de Nájera—. ¡Por vida de...! conozco a todos los Soldevillas de Nájera y de Cameros, y juro que esa cara no es de ningún Soldevilla de aquella tierra... Como que yo conozco esa cara.

—Y yo también —añadió otro del mismo estambre.

—Y yo.

—Despachaos, pedazos de plomo —gritó Navarro, sentándose resueltamente al lado de su enemigo, con objeto de evitar cualquier ofensa que pudiera hacérsele...

Para disipar las sospechas de sus camaradas o hacerles entender que estaba decidido a defender al infeliz jurado, entabló con él familiar diálogo en esta forma:

—Eso pasará pronto, señor Soldevilla. Buena suerte fue para usted tropezar con un amigo como yo, que le asistiré en cuanto sea menester, y le protegeré aun a riesgo de mi vida contra todo aquel que intentara hacerle daño.

—Gracias, muchas gracias —dijo Monsalud, bebiendo con febril ansiedad en una taza que le presentaron.

—Tengo que comunicar a usted una triste noticia, y es que mi excelente padre, el señor don Fernando Navarro, amigo de su familia de usted, ha sido asesinado por los infames renegados.

—¡Asesinado! —repitió sordamente Monsalud, engullendo el pan y las magras que le dieron—. ¡Infeliz suerte!... Quizás no moriría de esa manera.

—Sí; pero los viles que pusieron la mano en aquel hombre insigne no vivirán mucho tiempo —dijo foscamente Navarro ofreciendo a Monsalud un vaso de vino—. Revolveré la tierra por encontrarlos, y uno a uno caerán en mis manos, de las cuales pasarán al infierno.

—¡Al infierno! —balbució Monsalud—. Gracias, gracias, señor Navarro; voy recobrando la vida. ¡Ah! pero ahora recuerdo... Oí hablar de su padre de usted... Sí, antes que cayésemos en poder de los ingleses, trabé conversación con un joven jurado. Díjome que el señor don Fernando se había dado a sí mismo la muerte, por no caer en manos de la vil canalla que después de sacrificar ignominiosamente a cierto clérigo, le iban a martirizar a él de la misma manera.

—También me lo han dicho así.

—Y el joven que me habló de este asunto, amigo Navarro, añadió que él mismo, después de prestar varios servicios al desgraciado don Fernando, le había suministrado el medio de eximirse, por un acto enérgico, de la bochornosa muerte que le tenían preparada. Dijo también que el ilustre señor, vencido de la extenuación y del pánico, perdió en sus últimos momentos el juicio, cayendo en singulares locuras y manías.

—Tantos detalles no habían llegado a mi noticia —dijo el guerrillero—, y en cuanto a las palabras de ese renegado que con usted habló, no les doy fe.

—¿Por qué?

—Porque no.

—Es uno que dijo llamarse... ¿a ver cómo? ¡Ah! Salvador no sé cuántos.

—Me lo figuraba... —contestó Navarro con diabólica risa—. Uno de los que busco... y de los que no se me escaparán, a fe mía... Es un reptil que ha querido morderme y que he de aplastar sin remedio. Traidor renegado, ha hecho migas con los franceses y es uno de los más crueles sayones que tiene la canalla para atemorizar a las gentes inofensivas de este país. Embrollón, embustero, farsante y lleno de fatuidad, atreviose a poner sus ojos en un ángel del cielo a quien idolatro y que no puede ser sino para mí... ¡Oh! nuestra rivalidad es ya un poco antigua... pero se ha recrudecido recientemente, señor Soldevilla de mi alma, desde que ese miserable ratoncillo que no merece roer la suela de mis zapatos, se ha atrevido a manchar la buena fama de la mujer que adoro, engañándola con miserables artes y obteniendo de ella ciertos favores por el más vil y repugnante medio... Tome usted más carne, señor Soldevilla —añadió presentándosela— tal vez necesite usted recobrar todas sus fuerzas para esta noche... Pues sí, como decía, empleando infames medios...

—Gracias, gracias, señor Navarro —dijo Salvador rechazando la carne—. Debe de ser un gran tunante ese joven.

—Como que para hablar con Genara y arrancarle algún honesto favor, remedaba mi persona y mi voz en la oscuridad de la noche...

—No quiero nada más —dijo Monsalud secamente—. Me encuentro bien.

—Poco ha comido usted...

—Lo necesario para afrontar cualquier peligro.

—Pues sí, amigo Soldevilla —añadió Navarro—, perdone usted que me haya exaltado al oírle nombrar persona tan aborrecida para mí. He jurado matarle, matarle sin piedad, y me parece que mientras él viva me está robando con su aliento la existencia que Dios me dio para vivir, y el aire para respirar.

Monsalud, sacudido por viva excitación nerviosa, se levantó del suelo en que yacía.

—¡Oh! no se levante usted... Descanse usted más, señor Soldevilla —dijo Navarro con ironía semejante a la del diablo cuando sonríe a las almas en el momento de cargar con ellas—. Tome usted fuerzas, amigo mío, que quizás las necesite pronto, sí, muy pronto... Si quiere usted dormir, duerma sin cuidado; y por si tuviese recelo de que mis compañeros le hagan algún daño, esté tranquilo; que no me moveré de su lado hasta que abra los ojos.

—No quiero dormir —repuso Salvador poniéndose en pie—. Agradezco a usted lo que ha hecho por mí... Y ahora que recuerdo, cuando ese jurado, que antes mencioné, hablaba del trágico fin del señor don Fernando Garrote y de su funesta locura, lo hacía con tanta compasión, que parecía haberse interesado vivamente por él.

—Buen caso haría yo de las hipócritas palabras de ese necio —dijo Navarro sin disimular su ira—. ¡Oh! solo el oír en su boca el sagrado nombre de mi padre, me parece un insulto... A ver, señor Soldevilla —añadió tomando el sable de un guerrillero que dormía— ¿qué le parece a usted ese sable?

—Admirable —respondió el jurado pasando el dedo por el filo y apoyando la punta en el suelo para probar la flexibilidad de la hoja.

—Si no recuerdo mal, me rogó usted que le proporcionase un sable. Quédese usted con el que tiene en la mano. Este borracho de Roque es de mi compañía, y mañana me entenderé con él.

—¡Gracias, gracias! —dijo Monsalud con extraordinaria animación—. ¡Cuántos favores debo a usted!

—¿No duerme usted un ratito?

—No.

—Es verdad. Tiempo tiene usted de dormir —dijo Navarro levantándose—, sí, de dormir mucho, muchísimo.

Casi todos los guerrilleros que antes había en la barraca, o habían salido a tocar la guitarra sobre el campo o dormían como troncos. Monsalud y Navarro salieron. Cuando se hallaban a buen trecho de la tienda, el renegado dijo a su enemigo.

—¡Navarro, Navarro!... Dios que nos mira sabe que no te tengo miedo... Acabas de hacerme un beneficio; mi corazón se oprime al pensar que puedo darte la muerte... Aguarda por Dios, a que te ofenda de nuevo, aguarda a que esta gratitud se disipe... Te aborrezco; pero un secreto respeto enfría mis rencores, cuando pienso que nos vamos a batir. A pesar de los horribles insultos que hace poco me has dirigido, te ruego que esperes, que esperes hasta mañana siquiera. Creo que debemos esperar.

—Adelante —repuso Navarro con enérgico acento—. No tienes que agradecerme nada. No te he perdonado, no te perdonaré, si no me confiesas que fingiste mi persona y mi voz para engañar a Genara.

—¡No lo confesaré porque es mentira! —exclamó Salvador inflamándose.

¡Pues te mataré porque es verdad! —rugió Navarro—. Miserable, ¿piensas que el hombre que ha hablado a solas con esa mujer puede insultarme respirando el aire que yo respiro y viendo la luz que yo veo?

—No una, sino muchas veces he hablado con ella —dijo Salvador.

—¡Mientes, bellaco! —gritó Navarro abalanzándose hacia él con el sable desnudo—. Defiéndete, hijo de nadie, miserable espúreo.

Monsalud sintió que por sus venas corría fuego, que su cerebro era un volcán. Ciego, loco de ira, se puso en guardia, gritando:

—Defiéndete, salvaje. Mátame; pero antes de hacerlo, sabe que eres un bandido, y tu Genara una vil mujerzuela.

—Canalla, toma el camino del infierno... ¡corre... Anda... Allá vas!

No hablaron ni una palabra más y los aceros chocaron.

Estaban en un sitio solitario, y la noche era oscurísima. Durante breve rato las dos hojas de acero se rozaron con discorde sonido. De pronto Navarro dio un grito terrible y cayó al suelo inundado de sangre.

—¡Dios mío!... ¡muero!... —exclamó con un rugido en el cual parecía que echaba el alma.

Y luego con voz expirante añadió:

—¡Padre!...

Monsalud hincó una rodilla en tierra y le miró el rostro, sin advertir que algunos hombres se acercaban.

Fin de El equipaje del rey José
Madrid, junio-julio de 1875.

Libros a la carta

A la carta es un servicio especializado para

empresas,

librerías,

bibliotecas,

editoriales

y centros de enseñanza;

y permite confeccionar libros que, por su formato y concepción, sirven a los propósitos más específicos de estas instituciones.

Las empresas nos encargan ediciones personalizadas para marketing editorial o para regalos institucionales. Y los interesados solicitan, a título personal, ediciones antiguas, o no disponibles en el mercado; y las acompañan con notas y comentarios críticos.

Las ediciones tienen como apoyo un libro de estilo con todo tipo de referencias sobre los criterios de tratamiento tipográfico aplicados a nuestros libros que puede ser consultado en Linkgua-ediciones.com.

Linkgua edita por encargo diferentes versiones de una misma obra con distintos tratamientos ortotipográficos (actualizaciones de carácter divulgativo de un clásico, o versiones estrictamente fieles a la edición original de referencia).

Este servicio de ediciones a la carta le permitirá, si usted se dedica a la enseñanza, tener una forma de hacer pública su interpretación de un texto y, sobre una versión digitalizada «base», usted podrá introducir interpretaciones del texto fuente. Es un tópico que los profesores denuncien en clase los desmanes de una edición, o vayan comentando errores de interpretación de un texto y esta es una solución útil a esa necesidad del mundo académico.

Asimismo publicamos de manera sistemática, en un mismo catálogo, tesis doctorales y actas de congresos académicos, que son distribuidas a través de nuestra Web.

El servicio de «libros a la carta» funciona de dos formas.

1. Tenemos un fondo de libros digitalizados que usted puede personalizar en tiradas de al menos cinco ejemplares. Estas personalizaciones pueden ser de todo tipo: añadir notas de clase para uso de un grupo de estudiantes,

introducir logos corporativos para uso con fines de marketing empresarial, etc. etc.

2. Buscamos libros descatalogados de otras editoriales y los reeditamos en tiradas cortas a petición de un cliente.